FABULA
174

Salvatore Niffoi

La vedova scalza

ADELPHI EDIZIONI

Prima edizione: febbraio 2006
Sesta edizione: settembre 2006

© 2006 ADELPHI EDIZIONI S.P.A. MILANO
WWW.ADELPHI.IT

ISBN 88-459-2039-9

INDICE

LA VEDOVA SCALZA

a mio figlio Marco

a Gianfranca e Angelo

L'avvenire non mi spaventa. Qualunque fine m'aspetti, è sicuro che altrove, dopo la morte, ancora una volta dovrò montare la guardia. So io, ma non lo dico, a quale assenza o inerzia o rovina.

GESUALDO BUFALINO, *Il guardiano delle rovine*

Padre mi fu l'esilio,
Madre l'infelicità,
Mandù sararà...

MÁRIO DE ANDRADE, *Macunaíma*

1
Me lo portarono a casa un mattino di giugno

Me lo portarono a casa un mattino di giugno,
spoiolato e smembrato a colpi di scure come un maiale. Neanche una goccia di sangue gli era rimasta.
Due lados che ad appezzarli non sarebbe bastato un
gomitolo di spago nero, di quello catramoso che i
calzolai usano per le tomaie dei cosinzos di vacchetta. Il cane girava intorno al nespolo e ringhiava impazzito dalla paura. Lo stesi sul tavolo di granito del
cortile, quello che usavamo per le feste grandi, e lo
lavai col getto della pompa. Le pispiriste incollate,
grumi scuri nel concale, terra e paglia nelle costole,
nella vrissura, mosche verdi dappertutto. Pthù! Maledetti siano quelli che gli hanno squarciato il petto
per strappargli il cuore con le mani e prenderlo a
calci come una palla di stracci! Micheddu, amore
meu, che eri buono quanto il Gesù Bambino che
svetta sulla cupola della chiesa de Su Rosariu, questa
balentia qualcuno la pagherà in sonanti, di leppa o
pallettoni deve crepare chi ti ha sfregiato così. Su
coro glielo sciacquai a parte, in acqua e aceto, poi lo
avvolsi in carta oleata e glielo misi sotto il cuscino

della bara. Ohi amoreddu meu adorau, già te l'hanno fatta bella a conzarti in questo modo! Che se li porti via la Mama del Sonno quelli che ti volevano male! Lo so che manco le bestie si lavano così, ma io a Micheddu non volevo che altre mani lo toccassero: mio era stato da vivo, mio restava da morto. Prima una metà poi l'altra, a mani nude e a forza di braccia, lo infilai dentro il baule e lo ricoprii con uno dei camisoni di tela di mannai Gantina. Era rigido come un tronco di sughera. A mettergli il vestito di velluto nero, con su groppette e la camicia buona, non faceva. Quelli che lo videro dissero che il lombo destro non era il suo perché l'occhio gli era diventato rosso porporino e lo teneva socchiuso, come per atzinnire alla morte.

Era un'estate mala. Sopra l'altopiano di Monte Leporittu un vento rovente inchiodava l'astore nel nido, il merlo tra i rovi, la colovra tra i giunchi. Il sole sembrava una palla di vetro incandescente, dove toccava bruciava. La campana della chiesa majore aveva iniziato a suonare il memento prima del canto del gallo. Quei battiti lenti e secchi li ricordo come stoccate nel petto. Tàn, tàn, tàn, tàn. Il rumore del bronzo si disperdeva nell'aria portando sempre più lontano l'anima di Micheddu. Il cane si era fermato e scavava col muso una buca nel terriccio delle rose peonie per nasconderci la testa. A Daliu, la nostra creatura, perché non vedesse quello che avevano fatto al babbo, lo prese in braccio tzia Brasiedda e lo portò a casa di parenti, nel vicinato di Sas Istajeras. Via, anima mia, via da questo sciù sciù di fardette e gambali. Via, che non devi respirare questo alito di morte che s'infila tra le nari e scende nei polmoni col suo odore dolciastro di prugne e mirto. Via dai miseri resti di tuo padre, che il ricordo potrebbe piagarti la memoria e farti ammacchiare prima del tempo.

Io non versai neanche una lacrima. Non per disamore, come pensò qualche limbipudia, e neanche perché avevo finalmente finito di soffrire, come disse qualche bagassa vezza del vicinato di Pedi Pudios. Io piansi dentro, perché quello per mio marito era amore grande e, anche se lui non era farina per farci ostie, non aveva mai ucciso nessuno e non meritava quella fine.

Pthù! Maledetti siano quelli che lo hanno ridotto così! Lo avessero ucciso con una spallettonata alla schiena avrei sofferto di meno. Invece, merda!, me lo hanno sfregiato apposta, per farmi capire quanto c'era da capire, secondo loro.

«Ohi Micheddu, che hai lasciato una moglie zovanedda e unu orfaneddu!».

«Ora pro nobis, miserere nobis. Cristo, ascoltaci. Cristo, esaudisci».

«O Deus, Babbu Mannu, consola con la forza del tuo amore chi è rimasto e illumina la pena con la serena certezza che il nostro fratello Micheddu, strappato ai suoi cari da mani assassine, viva felice per sempre accanto a te. Amen».

«O Cristo, che implorasti il perdono per i tuoi uccisori e al ladrone pentito promettesti il tuo regno, concedi, o buon Pastore, all'anima di Micheddu di vedere il tuo volto nella gloria dei cieli».

Ci pensarono le prefiche a spalmare sui muri calcinati in fretta di bianco le urla e le litanie di circostanza, quelle che non si negano a nessuno, manco ai cani.

Perdono? Da noi, a Taculè, gli sgarri vengono restituiti sempre con gli interessi e un morto ammazzato senza motivo se ne porta subito altri appresso, giusto il tempo di riprendersi e far sfreddare il sangue e poi bùùùm, crepa cozzone, che te la sei cercata! Mio suocero Grisone Lisodda, noto Secchintrese, gli baciò la guancia indurita e, come se fosse ancora vivo, gli bisbigliò all'orecchio:

«Izzu meu adorau, custa la pacana cara! Neanche radici lascerò di quei rimitani!».

Su chi dovesse pagare per lo spedichinamento di Micheddu tutti, in paese, avevano pochi dubbi, anche se ne parlavano solo di fronte ai fochili o sotto le lenzuola inzuppate di piscio dalla paura. Il nome del mandante e dell'assassino della buonanima erano il segreto del banditore, sconosciuto come la mercanzia che Licanza Zaccapiusu nascondeva tra le mutande sporche dei suoi amori clandestini. Io già lo sapevo bene chi gli aveva condito la bagna. Lo dicessero a chi gira la mola del frantoio che faceva politica! Gente così arrajolata in giro ce n'era poca.

Il nostro cortlle si riempì in fretta di persone incredule e curiose. Chi lo temeva e lo odiava si presentò a casa nostra per primo, per vedere Micheddu massacrato, con le carni già pronte per l'inferno. Teodoricu Sanzolu, una faccia di tristighine, si permise anche di toccargli la spalla con la mano prima di segnarsi con la croce. Mio cognato Limbone gliela strinse così forte da farla diventare nera.

«Ista siddiu! Cancarau! Statti fermo e tieni le mani in tasca!» gli disse tra i denti mentre lo accompagnava fuori. «Vattene in campusantu a piangere i morti tuoi, mincilleu!».

Bagliore Padente, omine de pacu conca e tottu vrente, ci fece lo sfregio di chinarsi per cercare di baciarlo. Istellazzu lo prese per il colletto della giacca e lo attaccò al muro.

«E comente ti permittis, giuda iscariota? Miserabile! Cosa eravate, amici, ah? O avete bevuto qualche volta insieme?».

Pthù! Maledetti siano anche loro, che avrebbero dato una tanca per assistere a una scena simile e hanno visto il cinema gratis!

Più tardi arrivarono i cacareddas e i timetronos, gli amici veri e quelli falsi, in cerca di rubare un nostro lamento, un ghigno di sofferenza da ricordare nelle lunghe notti diacciose, per darsi coraggio insieme al vino e ai sogni cattivi. Istellazzu, uno dei miei cognati, li allontanò tutti in mala manera: «Ebbè? Non avete mai visto morti? Levatevi da mezzo alle gambe, che questo non è s'iscravamentu né s'incontru!».

La verità era che cadaveri ne avevano già visti tanti, ma mio marito non era un morto qualunque, era Micheddu, noto Calavriche, il latitante, il ribelle.

Ohi, che giornata! In gola sapore di grattalingua e lo stomaco pieno di blatte pelose che sgambettavano. A su mancu pruite me lo hanno ucciso! Da noi, a Laranei e Taculè, si diventa banditi in fretta. Basta dire un no nel posto sbagliato, lasciarsi portare via la testa dall'odio, dall'orgoglio, dall'acquavite o dalla gelosia. Da noi si urla su disisperu a voce piena ma si tace il dolore, l'ingiustizia. E a Micheddu se l'è giocato la malagiustiscia mandata dai giuda ruffiani, quella che tutti vorrebbero lontano dalla propria porta. Chi gli aveva spaccato le costole con la scure, chi gli aveva seguito a filo il midollo fino alla canna del culo, era persona esperta che non si ciappinava un grammo da un fianco all'altro. Era belva allenata nel lavorare la carne di cristiano, nel contentare chi ordinava: taglia qui e taglia là. Pthù, burdos de Meana, izzos de chentu babbos assortios! Non avrete tempo per vantarvi di quello che avete fatto! Il freddo ai piedi vi farò venire!

Un odore fetido di intestini rivoltati ha impregnato la nostra casa per molto tempo. Anche adesso, che la lingua della vendetta non grida più perché si è staccata come la coda di uno scurzone e aspetta in silenzio, quando piove si sente quel pudiore. Il cane di Micheddu si è lasciato morire di fame sopra la sua tomba come un fiore di carne vizzita. Mio figlio Daliu, come preso da un sogno maligno, si è rotolato per terra due settimane, urlando il nome del padre che non ha mai conosciuto. Faceva paura a

17

vederlo, mischineddu: sembrava ammacchiato. Io lo so che se avesse potuto parlare avrebbe detto:

«Babbu meu, babbu meu! Perché non vieni ad addormentarmi la sera? Vieni, babbo, vieni a farmi il solletico sotto il mento, come fa tziu Basilu col mio amico Jacuminu, così ridiamo insieme! Vieni a svegliarmi una mattina con un bacio sulla punta del naso. Vieni, babbu, vieni che ti regalo tre ballarodde, una fionda e un soldo antico!».

E io? Io già sono ridotta a buon punto! Mi sento una bestia ferita che non guarirà mai più, una pazza che fa finta di essere sana in attesa di... Bellu crancu quello che mi sta mangiando il cervello. Sulla rete del mio letto, dove un tempo saltava l'amore con le sue mille capriole, al buio, ora danzano soltanto l'odio e la vendetta, come streghe maledette che mi chiamano nel sonno.

«Per Micheddu e la vostra creatura, fallo per loro! Non lasciare un giorno di vita in più a colui che ha sgarrettato il vostro futuro! Vai! Vai e vendicati! Uccidi chi ha ucciso i tuoi sogni!».

La voglia di burzigargli addosso subito e lasciarlo a stomaco in terra era grande. Ora il mio pianto si confonde con il cigolio delle ruote dei carri che sferrano sull'impietrato. Il mio pianto soffocato da un rigurgito che sa di miele e buccia di mandarino è triste come il lamento di una bimba affamata, strazziolata. Sento già nella testa rumore di flutti che nel buio mi portano lontano come un tronco leggero, verso una vita che non so immaginare, sento odori di ruggine e salsedine che non ho mai sentito prima. Ohi, che mistero la nostra esistenza. Ti sembra di aver caricato bene l'orologio del tempo, poi all'improvviso la molla si spezza e drùùùm, tutto va in pezzi. La girandola dei secondi va per conto suo e tu rimani appeso alle lancette come un insetto al ramo invischiato del pesco.

Quel mattino dirgrasciato mi ero svegliata che le

lenzuola erano pizzicose e sapevano di bava notturna quagliata dal sonno. Un pudesciore mai sentito. In un dormiveglia che rendeva visibile l'invisibile avevo pensato tutta la notte a Micheddu. Micheddu che cercava di aprire un pesante cancello di ferro per entrare di nascosto in cimitero. Micheddu che rubava le ossa da una bara per portarmele in regalo legate come un mazzo di fiori. Micheddu che prendeva forma di roccia e nascondeva per sempre la luce del sole agli abitanti di Taculè e Laranei. Micheddu nudo che cantando bruciava covoni di fieno insieme a signora Ruffina. Micheddu impigliato alla staffa del suo cavallo che lo trascinava imbizzarrito verso il promontorio di Sa Preda Ruja. Micheddu che gemeva come se avesse avuto le doglie e poi partoriva un grosso topo senza peli e senza coda. La terra che tremava sotto un tambureggiare di zoccoli e si apriva lentamente per inghiottirlo sotto i miei occhi. Ohi, che malaugurio! Mi sembrava davvero di vederlo, di poterlo toccare allungando solo un poco la mano. D'un tratto si fece nero in viso e prese a parlare roco, come se avesse masticato foglie d'ortica. Raschiava le parole dalla gola accompagnandole con suoni burdi: crò crò crò, mì mì mì, tò tò tò: la sua voce sembrava venire dall'aldilà. Il cancello del camposanto si chiuse di colpo dietro le sue spalle e lui, con le mani che strappavano i capelli, non riusciva più a gridare il mio nome. Da quella notte di visioni ho iniziato a credere nelle premonizioni e nei segnali che vengono da lontano. Dopo la sua morte, come le altre vedove di Taculè, ho fatto al tramonto la salita per Chirilai per andare a visitarlo, col secchio colmo di fiori appena recisi, lo straccio e lo spazzolone. Anch'io mi sono abituata a parlare con le anime, a baciare le sue labbra sulla foto smaltata, a sollevare la mano verso i cipressi per salutarlo e a sentire la sua che scompiglia i capelli di Daliu con una carezza.

19

La messa funebre la sbrigò don Zippula nella chiesa de Su Rosariu. Un'omelia tutta tirata sul filo del trincetto, con la paura di dire e non dire. Perdonare! Perdonare! Perdonare! Ispedichinare doveva dire! Peggio delle prefiche era quel lombrico vestito di nero. Chiunque fosse stato ad ammazzare Micheddu, secondo lui andava perdonato, perché era un fratello che aveva sbagliato, perché ci voleva più coraggio a subire che a scannare e, altrimenti, di questo passo, le strade del paese si sarebbero riempite di croci.

«A perdonare siata! Cumpresu?».

Sulla pelle degli altri si scambia il piombo per grandine. Perdonare un mincia, don Zì! Custa la pacana, ha ragione babbu Grisone, non è cosa che può passare in cavalleria! Il portalone nero della chiesa in basso aveva dei grossi gigli scolpiti e nei pannelli superiori due angeli con un cero in mano. Mio marito era molto più bello di quegli angeli. Pthù! Maledetti siano quelli che l'hanno fatto volare in cielo prima del tempo! Lo avevano ucciso nelle campagne di Sos Agrestes. Dopo s'interru per me le albe arrivano tutte uguali, mute e spettrali, rotte soltanto dal gracchiare dei corvi che si dissetano nel secchio del pozzo e dalla voce di mia madre che dall'impuddile si mette ad arrasare con il suo rosario di acquemarine. Mama Narredda mi ha perdonato e viene a farmi compagnia. Io non gliel'ho mai detto ma credo che in cuor suo abbia goduto per la fine che ha fatto Micheddu. Non lo diceva a parole ma si capiva dai gesti e dagli occhi che le ballavano di un piacere nascosto, come a dire:

«Tutto è andato come ti dicevo io! Sorda come una mola sei! Se mi avessi ascoltato ora non saresti ridotta così».

Ci teneva, mama Narredda, a disporre di me in un momento che la vita mi aveva strumpata a terra come una sacchetta vuota. Io la lasciavo cantare perché non volevo aggiungere scandalo allo scandalo buttandola fuori di casa. Di fatto credo di non averle mai voluto bene, per via della sua prosopopea che offendeva le persone che le stavano intorno. Il tempo non l'aveva cambiata. Passava le ore a sentenziare sul prossimo, a sgranare il rosario, lavare roba, cucinare le solite cose, pregare.

«O Dio, vieni a salvarci! Signore, vieni presto in nostro aiuto!».

Di un tardo pomeriggio agostano, che la pioggia veniva giù a raffica e sbriccava le tegole, ricordo ancora adesso con paura queste sue parole mischiate alla preghiera:

«L'angelo annuncerà presto a Tonia che diventerà madre di Dio».

Smise all'improvviso di recitare il rosario e iniziò a ridere a scacaglio, come una pazza. Cosa possa nascondersi dietro quelle parole deliranti ancora non l'ho capito.

I giorni passati a Laranei dopo la scomparsa di Micheddu li ho tenuti accesi come una lunga candela, per trovare in quella fiamma la forza di crescere nostro figlio in grascia e Deus, quel figlio che somiglia al padre anche nelle unghie uncinate dei piedi. Appena il sole affondava in un calderone d'ambra liquida oltre le colline il buio calava come un rapace per le vie del paese. A volte mi nascondevo sotto il lenzuolo a rincorrere i pensieri e cercare di capire quello che mi restava da capire della mia vita. La forza di andare avanti l'ho trovata nella mia ostinazione e nella cura di quei fazzoletti di terra che mi ha lasciato la buonanima: lì, ogni ramo, ogni foglia, ogni sorgente, ogni lucertola o Maria vola vola parlava di lui. Quando dall'alto del nuraghe Loghelis vedevo l'astoreddu scendere in picchiata nella piana di Maluvò per abbrancare un colubro mi sentivo le ali al posto delle braccia. Allora mi raschiavo i polpastrelli a sangue con un pezzetto di sughero che portavo sempre in tasca e mi dicevo:

«Calma, Mintò! Calma, che la sveglia deve ancora suonare, la molla è ancora tesa!».

Gli orti di Sos Ispilios, la tanchitta di Maluvò, le vigne di Tumui e Basarulè, il bambino: questo mi è rimasto di Micheddu, e non è poco. La vendetta poteva aspettare, l'avrei tirata su per un po' insieme a Daliu, forte come una quercia, annaffiandola con la rabbia di tutti i santi giorni. L'avrei nutrita col dolore, temprata col fuoco dell'odio. Nei campi d'orzo e avena di Maluvò ho camminato per mesi in silenzio, trascinando un barattolo vuoto legato a uno spago per farmi compagnia col suo rumore: tataplùn, taplàn, tacataclàn. Lungo le acque ramate del fiume Firchidduri, dove gli ontani si abbracciano come sposi novelli e si lasciano solo nell'ultima piscina di Sos Voes Thopos, mi sembrava che Micheddu fosse ancora vivo, ancora lì ad ascoltarmi e baciarmi come un tempo. Ohi Deus meus, come tagliano i ricordi! Bumbuliscavo acqua e la spruzzavo lontano. Per quante notti ho guardato dalla punta Cogoddìo la luna barbaricina che si lasciava prendere a calci dalle nuvole prima di rotolare felice lungo il crinale granitico di Preda Carpia. Lassù mi sono ubriacata di suoni, odori e luci per interi pomeriggi, lanciando gli occhi oltre la piana lucorosa di Murtedu, con le orecchie sparrancate ad ascoltare il silenzio dell'orizzonte senza confine della punta di Su Ciarumannu. Lassù ho iniziato a scrivere la mia storia, per non uscirne ammacchiata, il lapis in mano e le pagine del quaderno che suonavano al vento. Lassù ho sentito urlare più forte la voce della vendetta:

«Uchidere e isparire! Questo devi fare!».

Ora mastico veleno nella solitudine di questa casa. A quando sarò lontana da qui non ci voglio pensare, non voglio scivuddarmi prima del tempo. Non so nemmeno dove andrò. Sento però che devo partire, per portare in salvo la creatura, perché abbia un futuro migliore lontano da questa terra che si ha ciuspito il sangue del padre senza restituirmi un tri- chili. Dopo la vendetta avrò tutto il tempo per finire di scrivere la storia, per soffiare un'ultima volta sulla nebbia cotonosa che avvolge i tetti delle case di Ta- culè come una morbida peste bianca.

Canta, mannai, canta!

Mortu ana a Micheddu
irgannau che unu mannale
onco bos apergiana su cherveddu
a corfos de istrale.

2

Itriedda Murisca sentì un molina molina alla testa

Itriedda Murisca sentì un molina molina alla testa e le gambe leggere come stecchi d'asfodelo.
Strinse il quaderno al petto, poi a bocca aperta si
precipitò a sparrancare la finestra del lucernario in
cerca d'aria fresca. Dopo la lettura delle prime pagine le vampate del climaterio squagliarono il gelo
della paura in chicchi di sudore ceroso. Tirò con
avidità alcune boccate forti, quasi volesse bersi un
po' di cielo. Sospirando andò ad appispirinarsi accanto al moiolo di sughero dove conservava le lettere d'amore di Lucianu Capithale. Annusò la carta
del quaderno e il velluto stinto della copertina.
L'odore del passato la fece starnutire cinque volte,
come se nel naso le fosse entrata la polvere del tempo. Chiuse gli occhi per evitare gli artigli del sole
che graffiavano i vetri e, inseguendo le ombre
filtrate dalle palpebre, andò con la memoria a caccia di ricordi. Tzia Mintonia Savuccu aveva mille
volti e una sola voce. Quella voce che un mattino
d'inverno di quando lei era piccola le aveva sussur-
rato all'orecchio una filastrocca:

Itriedda pitzinna minore
sa vortuna una die ata arribare
dae s'ala 'e su coro
pro d'acher ammentare e ballare
Itriedda pilos de oro.

Tuiì-iì-tiiù, tuiì. Il fischio del postino entrò nella casa del vicinato di S'Atturradore Mannu come il canto liquido di un verdone in amore, di quelli che in primavera fanno il nido tra i fiori bianchi del pero selvatico.

«Posta, Itriè, posta! Ajò, metti fretta, che sono in ritardo con le consegne!».

Era il penultimo giorno di aprile del 1985 e la sveglia sopra il camino segnava mezzogiorno spaccato. La voce di Gonariu Carcanzu era diversa dal solito, traccheddava come un campanaccio di bronzo.

«Molto ne hai?».

«Arrivo, Gonà! Pugnalata che ti diano, cos'è questo piscia correndo? Ti sei per caso alzato col demonio attaccato alla culatica?».

Itriedda accrocchiò i capelli con le forcine, traversò il cortiletto, tirò il passante e se lo trovò davanti. Sudava come se piovesse a istrampulu, con lo scarpone appoggiato alla fioriera, il berretto sugnoso tirato a metà cranio, il naso a melanzana segnato da chicchi porporini, i denti smarriti e rugginosi, la manica destra della giacca usurata dallo sfregamento, il fazzoletto striato di vinaccia stipato nel taschino del gilettone. Tolse dal borsone di vacchetta un pacchetto legato a croce con spago e glielo passò tenendolo sulla punta delle dita cicciose.

«E cos'hai, parenti in Argentina, Itriè?».

Da vicino il suo alito sapeva di toscanello masticato e abbardente.

«A poco gli scherzi, Gonà, che io quel posto non so neanche dove sta!».

25

«Ohi mama mea! Tutte uguali le femmine, credevo raccontassero le bugie solo al prete e al marito, adesso ci provano pure col postino! Firma e zitta, che devo correre!».

«Devo pagare qualcosa?».

«A parte la solita ridotta di vino nero, niente».

«Un attimo che ti servo».

«Curre, curre, che se faccio tardi un'altra volta Thilippedda mi rompe le costole a legnate».

Dopo aver posato il pacco sopra l'incerato del tavolo da cucina, Itriedda tornò da lui armata di fiasco e bicchiere.

«Una e basta, Gonà, che se ti riduci a una santa cenere anche oggi non voglio che Thilippedda dia la colpa a me!».

Gonariu tirò l'orlo delle labbra pinturinate di saliva verso le orecchie e sorrise in anticipo su quello che doveva dire.

«Ma sei curiosa, tu. Mi hai visto mai bere più di un bicchiere alla volta?».

Iniziò a trincare e a raccontarle dei malanni della moglie che, da quando si era esaurita come una pila usata, andava in giro nuda per il paese a mozzare le teste ai gatti degli altri.

«Ho paura che nel sonno dia qualche roncolata anche a me. Tciàff, e addio Gonariu».

Thilippedda Canneddu, la moglie del postino, si era messa in testa che i gatti di Taculè le avessero fatto le magie pisciando nella tazza del suo caffellatte, per farla ammacchiare e rubarle i giorni felici trascorsi in continente. Per questo, secondo lei, ogni gatto giustiziato era un bel giorno ritrovato.

«E cosa mi resta a me se no nella vecchiaia? La miseria di Taculè e la tristura dei suoi abitanti? Gli avvisi postali e le lettere mi hanno rovinato la vita. Di te e del tuo fischietto non ne posso più!» gli diceva a mente sana.

Tuìì-ìì-tiiù, tuìì. Arricciando le labbra Thilippedda imitava il marito. Fischio di postino, canto di verdone in cima al ramo, di pipistrello impazzito, di farfalla che vola controvento. Thilippedda era figlia di emigrati pentiti che se n'erano tornati in paese per svernare l'ultimo scampolo di esistenza. L'avevano concepita tardi, a forza di buona volontà e visite mediche a pagamento. Quando il padre, tziu Talimone Canneddu, ristoratore tipico di professione, prenotò il biglietto di ritorno con la nave, sulla carta d'identità faceva anni settantacinque. Lei doveva ancora compierne venti e la madre, Annita Lentore, aveva appena festeggiato i cinquanta con un ogliastrino bravo a montarla quanto a fare gli agnolotti ripieni di patate, merca, pecorino e menta secca. In sposa al postino di Taculè si offrì più per caso che per amore. Aveva preso l'abitudine, ogni volta che Gonariu passava nel vicinato di Sa Tremuledda in via Prades Ischurtos 17, di domandargli in italiano porcheddino, stroppiandogli il cognome:

«C'è qualcosa per me dall'oltremare, signor Calcagno?».

A Thilippedda Canneddu si vede che in continente non la conosceva nessuno, perché non ricevette mai neanche un biglietto d'auguri a Pasqua o a Natale. La cantilena con Gonariu il postino, che era uomo propenso alla ciacciara e al filosofare ma di modi spicci, durò appena un'estate. Con l'arrivo della frescura settembrina, il postino, figlio di nessuno ma con tre soprannomi (Battazzu, Cosommo e Cacanzu) che ricordavano gli amanti della madre Cosima Carcanzu, rispose affermativamente alla solita domanda.

«Thilippè, ho qualcosa per te!» le disse spingendola dietro la legnaia del cortile.

Di cosa si trattasse lo scoprirono in paese nove mesi dopo, quando nacque Elianu, il loro primogenito. Ne vennero di seguito altri quattro, tutti ugua-

27

li come pani cotti nello stesso forno, con gli occhi grigio ferro, le orecchie con il lobo a ciliegina e il naso melanzanoso dei Carcanzu. Da Thilippedda Canneddu quelle creature avevano preso solo le lentiggini, la chioma a barba di granoturco, gli occhi minuti e vellutati come bacche di mirto.

Ai gatti del suo cortile Thilippedda preparava a tutte le ore ogni ben di Dio, perché i suoi ricordi non dovevano morire prima di lei. Ne manteneva una ventina, quelli che, secondo lei, rappresentavano gli anni migliori della sua vita, quelli vissuti in continente. I gatti di Thilippedda Canneddu erano grassi come pecore, viziati e feroci come quelli agresti. Se attaccavano il cristiano se lo giocavano a unghiate.

Il postino alternava al racconto delle sue disgrazie familiari tirate di sigaro e sorsate di nepente, come a condire con i piaceri del palato i dolori di testa. Gonariu Carcanzu era conosciuto nel circondario come uomo goduroso e dalla battuta corrosiva, al punto che in molti lo chiamavano per brulla Muriaticu. Tuìì-ìì-tiiù, tuìì. Da tzia Sigunda Pillizzone, che abitava tra le case sparse dell'ultimo vicinato di Sos Masedos, si fermava ogni giorno anche se non doveva consegnarle niente.

«Per vederti, Sigù, che fai bene agli occhi e all'anima!».

Lei lo cacciava via ridendo, quasi con dispiacere.

«Vai, vai! Parti acceso come un tizzone che se torna Gavinu mio marito ti concia a beffe!».

Lui, prima di salutarla con un inchino e lasciarle un fiore incastrato nel battente della porta, le ripeteva la stessa cantilena.

«Avrei voluto le tue titte solo per me, una piena di cannonau e l'altra di formaggio marcio, per succhiarle senza smettere mai!».

Di fronte alla porta del parroco don Offione, invece, Gonariu passava sempre in fretta. Lanciava la corrispondenza come se stesse sparpagliando avanzi alle galline e tirava dritto facendosi il segno della croce e borbottando:

«Dai preti ci guardi Iddio, che alla rogna ci penso io!».

«A te l'immagini, Itriè, se mi trovano sconcato nel letto? Se Thilippedda mi fa lo scherzo che fa ai gatti degli altri? Tzàc! Altro che godermi la pensione zappando la vigna e cantando a battorina! Versa e muda, che tu almeno non hai rovinato nessuno col matrimonio! Versa, che questa può essere l'ultima ridotta che bevo!».

Al quinto bicchiere il suo viso somigliava a un ciocco di oleastro acceso. Il sesto gli scolò in gran parte sulla camicia e dentro il sacco della corrispondenza.

«E mai si tornino a vedere vino e femmine!».

«Adesso basta, tziu Gonà, che altrimenti vi riportano a casa in griglia! Le vostre storie sono belle quanto voi siete brutto e lunghe quanto voi siete corto! Sciò, a ghirare! A casa!».

Lui restituì il bicchiere e diede mezzo giro alla chiusura ottonata.

«Posta bagnata, posta fortunata! Speriamo sia così almeno per te, Itriè. Ma davvero non hai parenti in Argentina? Già sarà qualche innamorato che hai tenuto nascosto! Adiosu!».

Si allontanò canticchiando a passo di volpe, come se stesse camminando su carboni ardenti o pezzi di vetro.

Quando rimase da sola Itriedda si attaccò al collo del fiasco e tirò alcune lunghe sorsate di vino. Prima di tornare in cucina si fermò un attimo incantata a osservare le biche di lana stese ad asciugare sotto l'occhio del sole. Ebbe come un presentimento. Quante volte, come in un cinema, all'ora in cui fischiava il postino, le era sembrato di vedere tzia Mintonia Savuccu uscire dai batuffoli gonfi sotto

29

forma di farfalla e volare lontano fino a perdersi nel nulla, oltre la luce. La notte prima che arrivasse il plico dall'Argentina aveva sognato mama Martina che saliva le scale dell'altare della chiesa majore tenendo per mano Pascale Savuccu. Dalla cupola della navata centrale piovevano scorpioni sul suo abito bianco e i tuoni scuotevano le colonne facendole tremare. Silenzio. I volti degli uomini erano maschere di bronzo levigato e i piedi delle donne teste di martora a mandibole sbarriolate. Silenzio, fino a quando il sacerdote vestito con una zimarra di tulle e licheni non prese il calice del vino e lo passò a mia madre per gustarlo.

«Bevi tu, o Martina Murisca, il sangue di Cristo, che porta amore, figli e serenità».

In quel momento uscì dalla sagrestia una bambina con un piccolo aratro di legno che tracciò un solco tra gli sposi e disse cantando:

No, Martina, non pazziare!
Quello è il nettare degli inganni!
Mira che se lo vuoi assaggiare
soffrirai fino a cent'anni!

Mama Martina morì di crepacuore qualche settimana dopo il matrimonio di Pascale Savuccu con la figlia unica di don Biancone, Lisanza Poddine. Una vergogna, lei quasi settant'anni e lui ancora un fottivento. Lì c'erano di mezzo le tanche, le case, i soldi e il bestiame, altro che amore. Martina la materassaia prese un ago di quelli grossi che usava per ricucire la federa delle banitte sventrate e se lo ficcò nel cuore. Se ne andò in silenzio, seduta sopra una nuvola di riccioli bianchi, rimpiangendo l'amore perduto e dimenticandosi di Itriedda. La sera prima perdeva sangue dal basso e aveva la testa pesante come una brocca di piombo. Chiamò la figlia in camera da letto e cominciò a indicare le foto incorniciate dei suoi antenati appese alle pareti. Più in alto di tutte c'era quella sbiadita di tzia Mintonia col vestito della prima comunione, dentro un ovale laccato con campanelline bianche e blu.

«Lo vedi questo? La vedi quella? Chissà se hanno smesso di soffrire...».

Di ognuno di quelli le raccontò cose fino allora tenute nascoste. I suoi morti li aveva conservati nella memoria ben vestiti e adesso li spogliava di ogni sacralità, come se volesse lasciarle del passato un'eredità nuda. Le raccontò anche di cose sue mai sapute, coperte per amore, onore, orgoglio, vergogna. Solo di tzia Mintonia non disse niente. Bastava e avanzava quanto le aveva detto quel lontano giorno in cui raccoglievano le ghiande. Ora semplicemente la additò e, mentre osservava con occhi spaventati una falena che volava sbattendo le ali intorno al lampadario, esclamò:

«Ecco, mi sento come lei, sto andando incontro alla morte! Che brutto deve essere, Itriè, non vedere più, non sentire più, avere le gambe di pietra e le braccia di legno. Meglio stiriolare i piedi nel lettino di qualche sanatorio senza la pietà di nessuno, convinti che la morte è solo una cecità provvisoria».

Al risveglio la chiamò battendo forte l'orinale sul pavimento. Drùnc drùnc drùnc.

«Figlia mia, continua a graminare la lana per aiutare la gente a dormire e a sognare, che di riposo e sogni ha bisogno il mondo. L'eredità di tzia Mintonia conservala per i momenti di siccagna e non passarla a nessuno. Se viene meno il lavoro di banittaia campati col telaio. Ricordati che il pane regalato non ha sapore e il sentimento senza dolore è sciapo come il fango dopo la pioggia».

Sua madre rimase innamorata di Pascale Savuccu fino all'ultimo respiro e la sua idea dell'amore se la portò nella tomba.

Tuìì-ìì-tiiù, tuìì-ìì-tiiù. Il fischio del verdone e il fiasco del vino accompagnarono Itriedda fino all'angolo dell'isostre dove nascondeva le lettere di Lucianu Capithale, il suo primo e unico amore. Maledetto odio...

Tuìì-ìì-tiiù. Il plico morbido palpitava come il cuore di una lepre spaventata. La voglia di aprirlo le saliva dall'inguine alla gola come una pallina di zucchero. Si avvicinò al lucernario coperto di polvere e ragnatele, sollevò il bustone in alto a due mani come un'ostia consacrata: «Alla Signora Itriedda Murisca – Vicinato S'Atturradore Mannu – Taculè – Prov. di Noroddile – Sardegna – Italia». Lo ribaltò per leggere il retro: «Capo San Diego, Argentina». Mancavano nome e cognome del mittente. Senza esitare ne addentò un lembo e lo strappò con forza. Infilò dentro la mano con l'emozione di un bambino che fruga in un nido di scriccioli, poi rovesciò il contenuto sopra un vecchio tavolino: un quaderno con la copertina di velluto, unu vistireddu da prima comunione, una lettera di accompagnamento, odore improvviso di colostra bollita e miele di cardo asinino.

«A mia nipote Itriedda, nel momento in cui la morte vicina può tutto cancellare e il passato aiutare gli altri a ricordare».

Come uno stormire di foglie appena cadute si fece sentire in quell'istante la presenza di tzia Mintonia. Parlava da lontano, come se avesse un imbuto in gola. Itriedda lesse con la sua voce ma era quella di tzia Mintonia che sentiva.

«Cara Itriedda, per me è giunta l'ora di andarmene. Questa volta per sempre e solo dove Dio sa. Le cose che leggerai nel quaderno erano destinate a seguirmi nella tomba, a finire in un braciere. Per quelli di Taculè io sono morta il giorno della mia partenza o forse non sono mai nata. Invece ho avuto un'altra vita, sono nata due volte. Solo durante questi ultimi lunghi mesi di malattia ho deciso di

32

far conoscere a qualcuno la vera storia della mia vita, per non essere sepolta in terra anzena senza che nessuno sapesse la verità, per non strazziolare definitivamente le mie radici. Ho scelto te perché non ho mai dimenticato i tuoi occhi buoni di bambina, gonfi di sogni e dolore, simili ai miei. Ricordi quel mattino che ti incontrai scalza per strada mentre andavi a comprare a libretto nella bottega di tzia Antonicca? Ricordi il soldo che ti infilai nel grembiulotto? Quel giorno ho provato vergogna per mio fratello e ti ho sentita figlia mia. Spero che almeno tu abbia avuto più fortuna di me e tua madre con gli uomini. Io ho sposato un allevatore che mi ha aiutato a crescere i figli e a sistemarli. A loro avrei voluto lasciare queste pagine, ma non ne ho avuto il coraggio. La madre che hanno conosciuto qui è un'altra persona, avrei rovinato la loro vita caricandoli di un passato che non gli appartiene. Giampietro Borrotzu era molto più grande di me. Andava a cavallo come Micheddu. Qualche anno fa mi è morto nel letto senza che me ne accorgessi. Poco amore ma molto rispetto nella nostra storia: non gli devo una mala parola, un gesto d'ira. Della mia vita a Taculè non ha mai voluto sapere niente. Mi ha preso per quello che ero e mi ha lasciato senza disturbare. È morto sorridendo, come se stesse facendo un bel sogno. Anch'io avrei voluto morire così, ma il Babbo Grande ha deciso diversamente, forse per punirmi, per farmi espiare la colpa prima di accogliermi tra le sue braccia. I figli mi accudiscono come una creatura. Sono tutta una piaga e niente calma questi topi che mi mangiano dentro. Mi fanno male anche le unghie e i capelli. Ma più di tutto mi fa male pensare a Micheddu, al nostro amore finito male e prima del tempo. Spero che il buon Dio me lo faccia incontrare di nuovo in cielo, almeno per una volta, com'era prima che me lo sfregiassero. Non strappare queste pagine, Itriè,

33

perché altrimenti nulla resterà della mia vita! Leggile e poi fanne quello che vuoi. Ma ti prego, non bruciare il mio passato, che forse può insegnare a qualcuno il perdono, evitargli la lunga pena del rimorso, fargli fare pace con Dio prima che sia troppo tardi».

Itriedda finì di leggere la lettera e ne uscì con la testa che le girava come dopo una visione notturna. Era passato quasi mezzo secolo e la ricordava ancora. La rivide mentre le infilava il soldo di carta nel grembiulotto, sorriderle con la gioia che sanno dare solo le femmine che sono nate malfatate. Da quando tzia Mintonia era scomparsa da Taculè, lei faceva la testa a brodo a mama Martina, domandandole sempre:

«Mà, tzia Mintonia cosa è partita? E quando torna? Non sarà morta, ah? Perché è partita?».

La madre, una volta che stavano raccogliendo sotto una quercia le ghiande per il maiale, le aveva risposto che tzia Mintonia Savuccu aveva lasciato Taculè poco prima della guerra.

«Sarà sempre il tuo angelo custode! Ammenta, Itriè!».

Non aveva aggiunto altro, solo un gesto di silenzio portando l'indice in punta di naso e soffiando a fior di labbra:

«Thsiiiiii shii shii shii!».

Nel moiolo di sughero il tempo andato di Itriedda viveva nel suo naturale disordine, tra petali secchi di rose canine e rami di erba barona. Thsiiiiii shii shii shii: silenzio!

Lì sarebbe finito il quaderno di tzia Mintonia, insieme al vestito della prima comunione e alle sue illusioni perdute, se non avesse deciso di leggere tutta la storia. Itriedda svuotò il fiasco fino all'ultima goccia, accostò la finestra del lucernario, e si buttò sopra un vecchio materasso col quaderno in mano.

Stlùnf! Si levò una nuvola di polvere grigiastra e lei starnutì di nuovo cinque volte. Odore di lana burda, di polvere da sparo, di fuochi d'artificio. In quel momento Itriedda riprese la lettura. Tuìì-ìì-tiiù, tuìì-ìì-tiiù.

Canta, verdone, canta forte, perché da noi la morte chiama morte!

3
Sono nata il ventuno di luglio del novecentoquindici

Sono nata il ventuno di luglio del novecentoquindici, sotto il segno della guerra. Mintonia mi hanno chiamato. Un po' per onorare i nonni paterni, Antonio Savuccu e Maria Pettenedda; un po' perché il nome piaceva tanto a mia madre, che prima del parto aveva già in mente di chiamarmi a vita col diminutivo di Tonia. Fino a tre anni qualcuno osava chiamarmi anche Totonna, per via dei miei coscioni che sembravano prosciutti appesi alla pertica. Ma appena imparai a mordere e tirare calci fin dove arrivava la punta del piede anche i fratelli e le sorelle decisero di chiamarmi solo Tonia. Gli ingiurgi, i soprannomi, li accettavo malvolentieri e solo se erano vezzosi e benevoli. A Taniella Laturicu, una cugina che una volta mi chiamava culazzuda e l'altra masciarina per via della mia predilezione a giocare con i maschi, un giorno feci finta di baciarla e le staccai il lobo dell'orecchio insieme all'orecchino di battesimo.

«Adesso impari a guardarti allo specchio, troiedda!» le dissi.

Lei piangeva come un vitellino accorrato. Per recu-

36

perare l'orecchino e non spaiare la coppia mi diedero due cucchiai d'olio di ricino e mi fecero sdiarreare in un lavamano. Il pendente, che era d'oro rosso e corallo, non si trovò manco con la lente d'ingrandimento. Tzia Critona Tribulias, la madre di Taniella, voleva portarmi a forza in ospedale per aprirmi.

« O la tagliano i dottori o giuro che lo faccio io! L'orecchino deve uscire fuori per non lasciare la mia bambina spinzata! ».

Siccome non potevano operarmi senza neanche la scusa di un mal di pancia o un'appendicite, la buccola rimase per sempre in qualche angolo delle mie budella, a osservare come un occhio di pietra il vai e vieni degli umori della mia esistenza.

Mannoi Antonio, noto Tottoni su rellozaiu, non l'ho mai conosciuto. Quando io vidi la luce si era già abituato al sapore della terra fresca in una fossa. O forse era andato a morire in qualche grotta di Talispò, a mani giunte e a occhi chiusi, come un montone barbaricino malato d'impotenza. Della sua morte non ha mai saputo niente nessuno. Può darsi che sia ancora vivo in qualche corno di forca, come pensano molti creditori che gli avevano intregato orologi d'oro e soldi da investire in una zona di mare. Qualcuno ha avuto anche il coraggio di dire che, nello scantinato del laboratorio, organizzasse incontri tra gente alla macchia e puttane portate di nascosto da Noroddile. Mistero.

Nonna Maria mi prese in braccio poche volte, il tempo di cantarmi qualche malinconico « a duru duru duruseddu » e di regalarmi per sempre i suoi occhi misteriosi color mallo di noce, poi se ne andò anche lei, bisbigliando il nome di mannoi Tottoni e stringendo le mie mani tra le sue. Mi lasciò un pomeriggio d'estate, mentre eravamo in camera sua nascoste alle ire della Mama del Sonno. Giocavamo alla fine del mondo e lei doveva fare finta di morire dopo che io facevo: « Brooooouuumm! » simulando il diluvio universale. Invece morì davvero. Io subito neanche lo capii, perché continuavo a fare quel verso per assantiarla di più.

«Broooouuumm, mannà, broooouuumm! Mori, mannà, mori!».

Quando mi avvicinai per farle il solletico sotto le titte ormai secche, serrò le palpebre lentamente come se stesse per addormentarsi e, per non spaventarmi, mi strinse forte le mani tra le sue. Si girò per terra come un'asina bastonata per una dozzina di volte poi si mise accucciata di fianco e raccolse le ginocchia verso il mento. Sembrava una bambina rannicchiata per difendersi dalla paura dei tuoni che portano i temporali. La voltai a pancia in su e la chiamai forte:

«Mannà, sveglia, che il gioco è finito! Ajò, non fare la morta!».

La pelle le era diventata di lucertola e mandava odore di strutto rancido. Muovendo le labbra a intermittenza mostrò gli incisivi tremolanti e sussurrò:

«Totò? Totò? Prendimi! Dove sei? Sto arrivando, dammi la mano che ho paura del buio!».

Allungò le mani verso le mie, convinta che fossero quelle di mannoi Tottoni che si sporgevano dal cielo per tirarla su. Le mie si sfreddarono insieme alle sue che erano diventate due candelabri di ghiaccio. Cinque anni avevo allora. Non ero neanche ben nata e fui costretta a guardare in faccia la morte. Da lei ho ereditato il colore degli occhi e da mannoi Tottoni la mania di studiare e sistemare il meccanismo senza rotelle che regola l'esistenza. Mannoi Tottoni tutti gli orologi dell'universo ce li aveva dentro il cuore che gli battevano come la musica di un organetto. Tù tùru tù, tù tùru tù. Io non ho paura del buio, neanche della morte.

Sono nata a Laranei, nel vicinato di Sas Tres Lacanas, che è chiamato così perché si trova all'uscita del paese e in meno di un quarto d'ora si arriva a piedi ai confini di Taculè, Nuschelò, Onocapu e Ortila. Una volta in famiglia eravamo tredici, undici figli più mama Narredda e babbu Bagliore, che paesani e conoscenti chiamavano Torracrasa, perché ogni volta che si metteva a cercare un lavoro stabile gli rispondevano: «Torra crasa!», torna domani. Domani, domani, domani. La mia vita a quel tempo non aveva passato né presente, tutto era domani. Una volta eravamo tredici, perché poi il tempo e la malasorte hanno iniziato a potare i grappoli di carne della mia famiglia come vendemmiatori frettolosi e avvinazzati. Tzàc, tzàc, tzàc, un taglia taglia alla cieca, manco avessimo avuto un debito da scontare col Padre Grande. In un tempo lontano ci aveva maledetto un prete che era stato accecato da un nostro antenato perché gli guardava la moglie con occhi imprinzadori.

«Che ogni dieci figli dei Savuccu almeno la metà se li inghiotta la terra anzitempo!».

Prima se ne andò Cilleddu, poi Nicalia e Budrone, in buon mondo siano. Predu e Costanzu se li portò via una piena, insieme al carro, ai buoi e ai sacchi del grano. Quell'anno le trote e le tinche del fiume di Sas Abbas Ranchidas si ingrassarono come maiali. Il mio ottavo compleanno lo festeggiai con mama, babbu, Nitta, Ciscu, Gonaria, Angheleddu, Taresa e Pascale. Otto fantasmi tristi intorno a un sambeneddu dolce di chisorgia che mio padre aveva ammaniato apposta per me. Il sangue del maiale, insaccato nell'intestino e bollito, sapeva di buccia d'arancia candita, uvetta, zucchero e dolore masticato facendo finta di ridere.

«A cent'anni, con uno sposo dottore e dieci figli maschi, Mintò!».

Mio padre svuotò il fiasco del nero da solo e poi si nascose a piangere nella stalla insieme all'asina, alle capre e alla scrofa. Gli altri ogni tanto tiravano di naso per inghiottire moccio e tristura. Quando mi alzai in piedi, per intonare una filastrocca di buon augurio e mostrare il vestito nuovo, Pascale mi cancarò sulla sedia con uno sguardo astorino. In regalo mi diedero una borsettina di cartone, di quelle per metterci il bavaglino, la gomma, il quaderno e le matite, col fermaglio automatico che faceva lo scatto alla chiusura: tlàc. Che bello che era quel rumore. Mia madre mi aveva cucito un vestitino con uno scampolo di stoffa fiorettata per tovaglie e, per abbellirlo, ci aveva trapuntato sopra i bottoni un cuore di pizzo ricamato a mano con le mie iniziali: MS. Sembravo una farfallina con le ali fatte di petali colorati.

La nostra casa di Sos Tres Lacanas non era di quelle che si lasciano dimenticare: un cubo di mattoni e calce diviso in due piani per mezzo di tronchi di quercia e tavoloni, un culo di luce che filtrava indeciso dal tetto di canne, fango e tegole rotte. Al pianterreno la stalla, che dall'imbocco della scala di legno mandava su in ogni stagione gli stessi odori di urina, sterco e letame macerati nella paglia. Fuori il cortile, con la vasca in blocchi di granito, il pozzo, le galline, due alberi di nespolo che non davano mai un frutto, il cagatoio costruito con traversine e fogli di lamiera. Babbo e mamma dormivano in un angolo a parte, separato da mattoni crudi e ricoperto da pelli di pecora cucite a spago grosso. Noi dormivamo in cerchio ai piedi del muro stonacato, i maschi a destra, le femmine a sinistra. Pascale, quello che poi ha avuto la figlia burda da Martina la materassaia, ogni volta che stringeva le natiche per fare aria rumoreggiando, esclamava nel buio:

«Prendila, Mintoniè, che questa è per te!».

A Itriedda mio fratello non le ha dato neanche il suo cognome: gli sarebbe costato poco, almeno riconoscerla in comune. Io l'ho incontrata spesso prima di partire. Aveva i piedi grostosi, le ginocchia sbucciate, il moccio a candela e gli occhi rassegnati della madre. Teneva sempre in mano una pannocchia rosicchiata e con l'altra domandava qualcosa: «Dae cosa tue a Itriedda! Tue bella, tue vona, dae cosa!».

L'ultima volta che la vidi a Taculè, mentre giocava nel piazzale della chiesa de su Rosariu, le infilai un soldo di carta nel grembiulotto e la presi in braccio per baciarla.

«Tue vona meda! Chie ses, sa Madonna?».

«No, figlietta bella, sono solo il tuo angelo custode!».

Mi regalò un sorriso che non ho mai dimenticato.

A casa Savuccu, chi di notte scorreggiava troppo come Pascale al mattino saltava la prima colazione: joddu, latte con caffè di ghiande e un pane d'orzo che non si lasciava tagliare neanche a roncolate. Per ammorbidirlo bisognava prima alitarlo da parte a parte, poi pestarlo con le mani nel fondo della casseruolina e aggiungervi il latte bollente. Io, di nascosto, davo sempre la metà della mia parte a Pascale, per non lasciarlo a fame, che mischineddu doveva lavorare duro. Nel periodo in cui si sgravidavano le capre, quando mannoi Liboniu doveva svezzare i capretti, mannai Gantina mi portava a dormire a casa sua per farle compagnia e al mattino mi preparava una colostra così dolce e densa da farmi lamentare dalla felicità. In seguito quel piacere me l'ha saputo dare solo Micheddu con i suoi baci.

A leggere e a scrivere, con grande sorpresa e tribulia di tutti i miei parenti analfabeti, imparai per conto mio dopo la morte di nonna Maria. Tzia Brasiedda gridò subito al miracolo e chiamò anche il vescovo di Noroddile, per gustare e caffeare sparlando di me. La verità era che per tutta l'estate mi ero fatta vincere dalla curiosità e, disubbidendo agli ordini di mia madre, avevo frequentato la casa di un maestro catalano che abitava in una stamberga nel cortile di tzia Trovodda. Lo seguivo nella sua volon-

41

taria solitudine e lo imitavo mentre scriveva lunghe lettere alla moglie lontana. Fu lui a convincermi a frequentare ogni tanto la scuola. Mi intregò un abbecedario grande mezzo lenzuolo, dove le lettere erano scritte sotto disegni di frutti e animali. Un paradiso terrestre, non avevo mai visto niente di così bello. Ci, ciliegia; Effe, farfalla; Gi, giraffa; Pi, pesca. Prima imparai a fare le singole parole, stroppiandole con un moncone di matita sulla carta ocrata della bottegaia. Poi il maestro mi regalò un quaderno e iniziai a infilarle a una a una, come bacche di quercia, in una collana che diventò il tesoro della mia infanzia. Scrivevo pensieri sulle stagioni, la natura, le persone che conoscevo, le cose che facevo. Ero ordinata e cercavo sempre la musica, la rima, quasi che le parole fossero i tasti di un grande pianoforte invisibile.

«E brava Mintonia! Lo sai che i tuoi pensierini sono belli come poesie?».

Un giorno di luglio, che dalla calura sudavano anche i muri, mi prestò un libretto con le favole di Esopo.

«Le leggiamo insieme una per volta, poi tu le scrivi a modo tuo, come ti viene».

Il mondo di Esopo era preciso a quello di Laranei e Taculè, sembrava allegro ma era triste. Al posto degli uomini c'erano gli animali, e basta. Nella favola del corvo e della volpe, in quella del vecchio e della morte, si rideva per non piangere. Di quel libro non ho mai dimenticato l'immagine del lupo che sbranava l'agnello e la frase di chiusura di quella favola: «Chi è più forte vuole avere tutto, anche ragione».

A fine stagione, quando già leggevo senza sillabare e la calligrafia non era più a zampe di gallina, il maestro mi diede un'edizione illustrata di *Pinocchio* e mi disse:

«Promossa! Adesso che non sei più una testa di

legno, frequenta la scuola e impara tutto quello che puoi!».

Alle elementari di Su Porciu gli altri bambini mi sfuttivano, mi facevano il verso dell'asino e della scrofa. Ma dove mai si era vista, una bambina figlia di contadini alla giornata poveros in canna e misereddos che pretendeva di saper leggere e scrivere bene?

«Pure quella studiante!» dicevano le malelingue invidiose.

«Già finisce che vorrà farsi a dottora!... Bel machighine le ha preso!».

Quel maestro si chiamava Ramiro, Ramiro Marras de Carrioz. A lui e a tziu Imbece devo la scoperta della scrittura e il piacere della lettura. Senza di loro non avrei mai potuto scrivere questa storia; mi sarei tenuta dentro la disperazione come un tumore maligno. Mastru Ramiro non era una bestia che mangiava solo lumache, foglie di lattuga e miele, come pensavano le bigotte della parrocchia del Rosario. Era un disperato ottimista che, arrivando a Laranei e Taculè, aveva scommesso con se stesso di insegnare a leggere e a scrivere anche ai muli, alle pietre. Se mangiava tanto miele, mastru Ramiro lo faceva per togliersi dalla bocca l'amaro della miseria che si respirava dalle nostre parti. Io ridevo di gioia ogni volta che riuscivo a scrivere e pronunciare bene una parola in italiano, disubbidendo alla norma familiare e paesana che voleva si parlasse il dialetto.

«S'italianu es pro sos riccos, a sarciare e truvare crapas bastata su sardu!».

Pur nella mia ingenuità trovavo il discorso ridicolo e truffaldino, come quando i genitori ti chiedono se vuoi più bene a mama o a babbu sapendo che sono indispensabili entrambi. Mi convinsi che i ricchi erano due volte più fortunati di noi, primo perché stavano bene e secondo perché avevano la fortuna di poter leggere tanti libri. Io, grazie a mastru Ramiro e tziu Imbece, sono diventata ricca almeno a metà, perché ho scoperto i libri. A sei anni non ero stupida come pensavano genitori e paesani. Sapevo che le cicogne mangiano serpenti e non portano bambini. Volevo bene a tutti e, per capire come girano le rotelle del mondo, ero pronta a imparare anche la lingua delle formiche, perché tanto il sardo ce l'avevo già nel sangue.

La più interessata alle mie conquiste di lapis e parola fu più tardi mia sorella Nitta, che era la grande e aveva il fidanzato in continente, analfabeta come lei. Non si è mai saputo se Teseru Curria era entrato in fabbrica perché non gli piaceva più manovalare in paese o per scappare via da mia sorella. Nitta sedici anni ancora da compiere, venti lo sposo: una coppia comica erano. Lui in fotografia usciva bene perché scumbattava due uova in una ciotola tutte le sere e si spalmava il liquido in faccia e sulla testa. Avrebbe fatto meglio a mangiarsele quel lillone! A me di persona non è mai piaciuto, sembrava uno pentito di essere al mondo, di quelli che nascono uomini e muoiono omineddi. I suoi occhi dicevano una cosa e si vedeva che la testa ne stava pensando un'altra. Chissà a quale femmina stava pensando quando piangeva sulla spalla di Nitta prima di salire sul postale per imbarcarsi a Turris. Lui si faceva scrivere le lettere da un compagno di lavoro e io gli rispondevo dopo aver tribuliato con mia sorella.

«Mì che si deve capire che il mio cuore è solo suo! Ammèntali che abbiamo fissato la data del matrimonio per l'otto di settembre dell'anno venturo, il giorno della festa di Nostra Segnora de Gonare. Dimàndali se ha conosciuto ateras eminas, se sono più belle di me. Mi raccumando! Sa votografia! Fatti mandare un'altra foto, che voglio vedere se è illanzito o è ancora bello tondo».

Ce ne voleva a sopportarla! Finita la lettera, Nitta si portava sempre il foglio sotto il mento e ci piangeva sopra qualche lacrima d'amore. Una volta dentro la busta ci mise anche una ciocca di capelli e una goccia di sangue del suo mestruo, quella matta da internare. Da quando imparai a leggere e scrivere, nelle cerimonie pasquali de s'iscravamentu e de s'incontru mi affidarono la parte dell'angelo. Madrina Franzisca, che preparava l'unguento per le emorroidi di don Zippula, si era imposta di forza:

«O vostè affida la parte dell'angelo a Mintonia o si gratterà il paneri anche di fronte all'altare!».

Finirono col portarmi in chiesa ogni domenica, a leggere passi dei salmi che sceglieva il parroco.

«Ha la voce di una santa e si fa capire anche dai sordi!» andava ripetendo tzia Pippina Canistedda.

Nessuno rideva più della povera bambina che studiava per conto suo. Solo don Zippula continuava a guardarmi strano, con i suoi occhi mobili di rospo incantato. Le feste comandate erano diventate un'ossessione, con mama Narredda che mi faceva scuvilare all'alba per prepararmi. D'inverno la cosa era sopportabile perché il freddo, gli scialli pesanti e il profumo del timo secco che il sacrestano bruciava dentro un pentolino, coprivano il lezzo dei corpi consacrati alla purezza interiore. L'estate diventava una tortura. Appena lasciavo l'acquasantiera, dopo la genuflessione, le tzie del paese mi venivano incontro per abbracciarmi e m'investivano col loro odore di fiori guasti, di culi lavati a ogni morte di papa, di pelurie acide e sudate sotto i fazzolettoni neri e i mutandoni di tela grezza. A volte, quando le zaffate salivano violente come sciami di vespe infuriate dalle prime file di banchi, mi veniva da vomitare sull'altare. Nelle stagioni fredde, per lavarmi, mia madre accendeva il fuoco e metteva sul tripode un pentolone fuligginoso con acqua, lisciva e un goccio di profumo di violetta che le aveva regalato comare Franzisca la farmacista, quella che mi aveva battezzato. Quando vedeva volare la prima rondine portava un secchio zingato sul balcone e lo lasciava per qualche ora a intiepidirsi sotto l'occhio caldo del sole. Una volta che passò don Zippula mentre mama Narredda mi faceva il bagno in cortile dentro la tinozza, si complimentò con lei per come stavo crescendo bene:

«Unu viore custa pitzinna, unu lizzu de donare a Deus! Juchete sa carre che una rosa agreste! Mantenela innedda dae su dimoniu e coglila pro Deus, Narrè!».

Mama Narredda mi coprì e lo cacciò via col gesto che usava per allontanare le galline.

«Sciò, sciò! Che già lo vedrò io a chi dare la bambina. E se Mintonia ha la carnagione di una rosa selvatica, non è cosa che la riguarda!».

Mia madre non era mai stata così maleducata con i preti, ma aveva intuito, perché leggeva negli occhi della gente. Che don Zippula fosse un malato da curare in manicomio l'ho scoperto solo più tardi, il giorno della prima comunione, quando m'invitò da sola a casa sua per farmi un presente, come diceva lui.

Canta, mannai, canta!

Mintonia, Mintoniedda
como chi iscis a leghere e iscriere
ma pro no suffrire
depes imparare a bolare.

4
Le case di Taculè sono come pallettoni
sparati nella roccia

Le case di Taculè sono come pallettoni sparati nella roccia, conficcate nel granito con le loro radici invisibili, fatte di lamentazioni e canti salmodiati all'imbrunire. Sas domos di Laranei sembrano invece fragole selvatiche che decorano la torta di pietra e argilla della piana di Sas Peddes Umidas. D'inverno il leccio e il corbezzolo si lasciano spettinare dal maestrale e spargono per terra bacche che raccolgono i maiali e i bambini. Alla nostra vecchia casa di Sas Tres Lacanas si arriva attraverso un rugoso sentiero di ghiaia e fango bordò. L'ingresso del cortile è ancora un arco di rose antiche scolpite nella trachite, di quelle che hanno il bocciolo grosso e vicino alle fontane sputano un profumo dolce che addormenta.

Quando ero piccola, per non farmi uscire durante le ore in cui giravano per le strade Muzzapedes o la Mama del Sonno, il portale era sempre chiuso. Mia madre nascondeva la chiave dentro una padedda d'alluminio, di quelle appese alla canziera del muro. Trovarla era una tombola in cui facevo sempre cinquina, perché era nella pentola più grossa,

47

sistemata più in alto delle altre. Io salivo sopra uno scrannetto di ferula e battevo il fondo delle pentole con le nocche della mano: tòc, tòc, tòc. Quella gravida della chiave che apriva al mondo dei sogni suonava come una metalla. Io la sostituivo con una pietra di talco, di quelle che Angheleddu mi portava dalla cava per disegnare, giocare a gagliedda e paradiso. Poi via, scappavo in strada come una lepre. Correre tra i filari degli orti a piedi nudi mi ubriacava quanto la lettura. Arrivavo al vascone di tzia Medea con la lingua spenzolante e ficcavo la testa nell'acqua fino a quando non mi mancava il respiro. Aaaaahh! Asciugavo i capelli strofinandoli con foglie di salvia agreste e mi buttavo per terra al fresco Una pietra per cuscino e per letto foglie di pannocchie ammucchiate. Dall'orto di tzia Medea scappavo solo quando arrivava, ronfante e mezzo ubriaco, il nipote Ipisipilu. Lo temevo a febbre, quello là! Camminava come una bestia, tirava rumorosamente di naso per inseguire gli odori e scolava dagli angoli delle labbra due fili di bava color tabacco perché teneva in bocca notte e giorno un moncone di sigaro toscano. Più mi facevo grande più mi piaceva rischiare. A volte salivo sui carri che trasportavano sughero, mannelli di grano, fascine. Dondola dondola arrivavo fino a Taculè, recitando a mente preghiere per vincere la paura di non trovare il passaggio del ritorno, cantando la voglia incosciente di vivere che mi usciva già dal petto appena umbonato da mille rivoli scuri. Il chiasso delle piazze e dei vicoli di Taculè era il mio paradiso proibito. Lì i bambini non li chiudevano in cortile come le bestie. Erano precoci e li lasciavano liberi di inventarsi i giochi che imponeva la miseria, che sono i più belli del mondo. E questo, purtroppo, lo si capisce soltanto quando si è grandi e la vita costringe a giochi più meschini, più scellerati. A Taculè i bambini non si annoiavano bruciando nidi di ragno, scuoiando bisce, vestendo bambole con stracci vecchi o tuffandosi in un vascone. Saltavano a luna monta, imparavano a morire giocando a banditi, costruivano carri e cavalli con ferula e sughero, corone con foglie d'asfodelo e anche vere case di pietra e frasche. Imparavano a nuotare nelle piscine profonde del fiume, portavano i maiali al comunale, si arrampicavano scalzi sui piloni della teleferica e quando passavano i carrelli del talco ne sfioravano la pancia arrugginita in segno di sfida.

«Toccau l'apo su chelu! Cazzu santu, l'apo toccau!».

Tutte le erbe si assaggiavano e, se erano dolci come il chirielle e la pupusa, si mangiavano fino a spanciarsi. Se invece erano aspre come la malistrittha o amare come la lattosa, si mangiavano lo stesso, per il gusto di stare in compagnia, per non perdere tempo tornando a casa ad addentare una crosta di formaggio o riempirsi le tasche di frighinias di pane crasau. I maschi s'istrumpavano a terra come muli per corteggiare le femmine, che poi si lasciavano baciare in bocca senza lingua, e qualche volta toccavano anche altro, portando a galla un lattume ancora acquoso e acerbo. Fumavano bastoncini di clematide e foglie di rovo secco avvolte nella carta paglia.

Micheddu Lisodda, noto Calavriche, lo guardai dal primo giorno come un Dio.

«O mi sposo quello o nessuno!» cantilenavo al ritorno da Taculè verso Laranei.

Una volta tziu Brazzos d'Erru, che mi riportava indietro col carro vuoto, svoettò i buoi e tenendosi la berritta con la mano sinistra mi disse ridendo:

«Mira Mintonia, chie a minore s'isposata, a ora e vezza no reposata! Chi troppo giovane si sposa, da vecchia non riposa! Sempre così da noi si è conosciuto».

Io avevo fretta di sposarmi, di come avrei passato la vecchiaia me ne importava una cacca di gallina.

Micheddu, alla morra e a s'istrumpa, vinceva sempre tutti. Gherrava e non mi perdeva di vista un istante, come se stesse lottando con me, non con l'avversario. Quando zobbando in segno di vittoria piegava il braccio destro e lo faceva suonare sul palmo aperto della mano sinistra, tutti lo applaudivano invidiosi e sorridenti, rispettosi di un codice non scritto che voleva i vincitori osannati in faccia e odiati alle spalle. Su menzus era Micheddu! Ogni volta che mi fissava con i suoi occhi malandrini il mio cuore di ragazzina batteva più veloce di tutte le sveglie che ci aveva lasciato in eredità mannoi Tottoni su rellozaiu. Sentivo un tutùm tutùm che faceva bollire il sangue nelle vene in attesa di sgrumarlo altrove. Un giorno mi invitò a vedere un puledrino nel recinto dei Lisodda vicino al paese. Mangiammo insieme un cartoccio di castagne secche ammorbidite nella sapa e mi fece fare due tiri da una sigaretta senza filtro che aveva rubato al bancone del tabacchino. Il primo bacio glielo diedi sotto il portico di Su Ventu in un tardo pomeriggio di luglio che anche le ombre prendevano fuoco dalla calura. Fu più dolce che succhiare tutto in una volta il nettare di mille fiori di pervinca. Una vecchia vestita a lutto, che ci guardava standosene seduta sopra una latta vuota, smise d'intrecciare il giunchetto della sua corbula e ci regalò un sorriso.

«Prosit! Viva gli sposi!» disse, mostrando le gengive consumate dalla piorrea.

Quel giorno tornai a piedi a Laranei, fumando in punta di unghie la cicca che mi aveva lasciato Micheddu. Arrivai a casa che le stelle già fremevano di luce nel buio lenzuolo notturno, in attesa di piombare come una colata di miele d'asfodelo sui tetti delle case. Le strade deserte aspettavano il morso ambrato delle lampade a pera per segnare la via del ritorno ai bevitori notturni. Oltre il portalone lo spettro di mia madre s'incarnò in una massa d'ira che a braccia allungate si avventò su di me.

«Dov'eri? Con chi eri? È questa l'ora di tornare? Se lo scopre tuo padre, morta sei!».

Mi afferrò per i capelli, odorò la bocca e il vestito, poi lasciò partire la prima cinghiata dalla parte della fibula.

«È questa l'ora di tornare, ah? Toh, tieni! Così impari ad amare Dio e rispettare i genitori!» gridò.

Mi buttai per terra, le mani sul viso e le ginocchia tirate fino al mento. Tciàff, tciàff, tciàff!

«E allora, vogliamo bagassare già da piccole? Manco nata e già imparando le titulie! Già pippando stiamo, eh? Chi fuma presto sopra poi fuma anche sotto! Belle abitudini stai prendendo! Ma a chi hai somigliato?».

Arrivai piangendo fino al recinto delle capre e mi buttai per terra scalciando. Lì si fece sentire l'ultima cinghiata, di piatto, tra capo e collo. Per un attimo mi sembrò di vedere il bagliore della follia negli occhi di mia madre. Se avesse avuto un falcetto mi avrebbe stroppiato malamente.

«Perdonu, mama mea! Perdona, giuro che non lo faccio più!».

Mi lasciò così e se ne andò ringhiando a mandibole serrate.

«Iscrofedda in calore che non sei altra! Tanto per cominciare, questa notte dormi con le bestie! Bunditta maleitta! Ghettadomos, ucchide mamas! Vergognati! Vai che già mi stai consolando!».

All'alba il sangue del primo mestruo si confuse con quello dei lividi che m'inchiostravano le cosce. Bel modo di diventare femmina! Due settimane dopo, il giorno della festa di Santu Larentu, festeggiai il mio undicesimo compleanno raccogliendo patate dentro un secchio nell'orto di madrina Franzisca la farmacista. Per punizione in casa fecero finta di dimenticarsene e nessuno mi regalò niente. Solo mannai Gantina mi chiamò in disparte e, con la scusa di farmi svuotare la brocca dell'acqua dentro la pentola per il brodo, mi fece gli auguri.

«A cent'anni, fitzichedda mea bella!» mormorò, e mi ficcò nella scollatura del camicione una specie di amaretto avvolto in uno straccio.

Più tardi chiesi il permesso di allontanarmi per fare i bisogni dietro la conca di granito e lì aprii l'involucro. Dentro c'era un orologio d'argento, di quelli da tasca. Era tirato a lucido da poco e freddo come la carapigna. Nel coperchio qualcuno aveva inciso due colombacci che spiccavano il volo da un ramo. All'interno c'erano il ritaglio di una foto e un biglietto piegato a cerino, come quelli delle lotterie. La foto era di Micheddu. Nel bigliettino, in un minuscolo stampatello, dentro un cuore c'era scritto: «Tonia e Micheddu». Senza domandarmi niente il destino aveva staccato un'anella della mia catena e l'aveva saldata con quella di Micheddu, figlio di Lachia Sumeciu la masellaja e di Grisone Lisodda, noto Secchintrese per la forza che aveva nelle braccia. Nonna Gantina, che da giovane aveva perso la testa per lui, ne parlava ancora come di un maciste, che se lo offendevano toccandogli la razza spaccava tutto in tre.

Dopo quella surra a cinghiate mi tennero a fune corta sino alla fine di agosto. Ebbi così il tempo di capire che il po' di bene che ti dà la vita si paga con dolore, tanto dolore. Mi lasciarono uscire di nuovo da sola il quattro di settembre per andare al funerale di tzia Pippina Canistedda, che era morta di disgrazia. La poveritta era andata a pregare in ginocchio Gesù Cristo che le guarisse il marito, Paleu Iscapulas, che pisciava sangue da tre settimane e aveva preso il colore della varechina. Si era portata appresso pure due delle sue creature. Proprio mentre si segnava il petto per tornarsene a casa il grande crocefisso di ferro tenuto dai ramponi si staccò dalla parete e le schiacciò la testa come una spianata. Vai a chiedere bene e ti arriva male, così è in questo mondo. Per fortuna si salvarono almeno i figlioletti.

Verso i primi di ottobre, dopo lunghe insistenze di mannai Gantina che con madrina mi aveva iscritto alla sesta elementare di mastra Letizia Pessu, tornai sui banchi di scuola nell'aula di Su Porciu, tra le celle del vecchio convento benedettino. La sesta da noi è la quinta ripetuta volontariamente e vale quanto una laurea. Nessuno mi sfuttiva più ma le cose insegnate a scuola non mi piacevano. Operazioni, grammatica e sintassi: tutto a forza studiavo, senza piacere. Con mastru Ramiru era altra cosa. A lui lo avevano cacciato via da Laranei in primavera, rapato e caricato su un mulo, con tanto di barattoli legati alla coda della bestia, le tasche del malevadau piene di merda e un cartello sulla schiena: «Toccatelo che ti cresce, minciule!». I suoi libri li bruciarono nel focorone di Santu Juvanne. Miserabili! Omineddos, gentina da caminetto che tutto trasformavano in cenere. Mastru Ramiru aveva l'occhio colombino, era buono come un pugno di more e bello che sembrava dipinto. Piaceva alle femmine e i maschi erano invidiosi della sua cultura. Per questo lo hanno cacciato via. La storia che se la facesse con Paska Turriga, la moglie di Antine Vrentedda il porcaro, l'aveva inventata apposta Larentu Purpuza, il vero amante di Paska. Poveru mastru! Anche lui, a fare del bene, aveva raccolto beffa e sterco di pecora. Io lo porto ancora nel cuore perché mi ha insegnato a leggere e a scrivere: l'unico miracolo della mia vita. Gli ho dedicato una poesia e l'ho sepolta sotto i sassi ai piedi di un olmo, per onorarlo. Mastra Letizia, la nuova maestra, era invece brutta e porrosa, peggio di una malavijone. Secca e verde come una mantide religiosa, gli occhi scontenti sprofondati in due pozzanghere nerastre, sembrava uscita da una delle bare che vendeva il padre a Noroddile per assantiare gli uomini. Dopo i primi giorni di scuola, quando prese a picchiarci con una frunza di salice, le zaccammo un ingiurgiu che sembrava fatto apposta per lei: Su Bistoccu de su Diavulu, il Biscotto del Diavolo. Quello era il soprannome giusto per una tzia vischida come la merca, che non si era mai fatta scivolare tra le gambe neanche la piuma di un gallo.

Canta, mannai, canta!

In Laranei e Taculè
su bundu caminata apè
su bundu picata su volu
e d'incorrata che unu crapolu.

5
Micheddu mi vinceva tre anni

Micheddu mi vinceva tre anni. All'istrumpa e a cavallo non lo fricava nessuno. Si batteva a dorso nudo e cavalcava a pelo, attaccato all'animale come un irichine, una seconda pelle. Quando si faceva al galoppo la discesa della garrela di fronte alla scuola l'aria gli spazzava il sudore dalla fronte e il suo alito si confondeva con quello di Raju, il baio regalatogli da babbu Grisone. Correva come se fosse inseguito da frecce infuocate, trattenendo il fiato e affilando gli occhi tra le palpebre calate a riccio. In quei momenti il cielo gocciolava oro e le pietre dei muri vibravano come le ance di un'armonica.

La prima volta che lo fermarono doveva ancora compiere quindici anni. Lo denunciò al brigadiere mastra Letizia, perché sulla facciata del convento vecchio che ospitava il comune e il refettorio aveva cancellato una scritta che inneggiava a Mussolini: «Duce, dacci luce!».

«L'ho visto con questi occhi, brigadiè, che girava la vernice nel paiolo con un bastone. Se non gli date una strigliata alle costole quello diventerà presto un pericolo pubblico!».

Con tinta nera di olio e fuliggine Micheddu aveva scritto di suo: «Duce, taci e ciuccia!», e per rendere meglio l'idea ci aveva disegnato a fianco un mulo in calore a mincia sciolta. A prenderlo con la forza, mentre abbeverava Raju nella vasca della fontana di Scirone Malu, ci andarono in quattro con i moschetti spianati. Lo liberarono dopo qualche ora di minacce, per non dare scandalo ed evitare l'ira di Secchintrese, che di squadristi ne poteva sbattere al muro una dozzina. Il brigadiere Centini, faccia da ameba, occhi olivastrini sprofondati a metà cranio, glielo disse chiaro e tondo.

«Attento ragazzino! Sei segnato nel nostro libro nero, e d'ora in poi ti terremo d'occhio! Bada a dove vai e a quello che fai!».

Micheddu zitto, lo ascoltava e fissava con disprezzo, quasi volesse sfidarlo a mettergli le mani addosso. Quando Micheddu fece per grattarsi i santissimi il brigadiere perse le staffe e gli passò la mano chiusa ad artiglio davanti al viso impassibile.

«Non ti salti più in mente di offendere il duce e il fascio, perché la recidiva non si perdona! Capito, balentino dei miei stivali?».

Micheddu continuò a tenergli testa fino a quando non lasciò la caserma. Centini lo accompagnò all'uscita nero di rabbia.

«A presto, pezzo di merda!».

Micheddu raccolse una broglia di saliva e sputò per terra fissandolo di nuovo come se i bulbi oculari fossero piombo in canna.

«Toccami che poi ti tagli formaggio, coglione!» diceva il suo sguardo.

A casa mia, dàlli ca li dò, si erano dovuti abituare a quell'amore precoce che vinceva ogni ostilità e non si lasciava impressionare dalle scomuniche di don Zippula o dalle minacce di Centini. Micheddu arrivava a cavallo da Taculè all'una in punto. Io lo aspettavo passeggiando sotto gli olmi di Miluddai, con la borsa a tracolla e il cuore che batteva come una trebbiatrice. Allungava il braccio per farmi salire e mi sedeva di coltello davanti a lui. Se il baio era sellato voleva dire che, prima del pranzo, si andava al galoppo verso Monte Travessu, a bagnarci i piedi nel laghetto di Funtana Vritta. Nelle giornate buone ci stendevamo nudi come scurzoni a prendere il sole sulla sabbia scura. Lo sciabordio dell'acqua era un'armonia che invitava a sognare. Ci stringevamo le mani scambiandoci promesse che aprivano i portoni del futuro senza fare rumore.

«Per il matrimonio ti faccio preparare il costume da tzia Sifonia e te lo copro d'oro, argento e coralli. L'ispulicadentes andiamo a sceglierlo insieme a Borogali... Faremo dodici figli e daremo a ognuno il nome di un mese dell'anno».

«E se sono femmine?».

«Femmine non ne voglio, perché ho intenzione di mettere su un gregge di cinquecento pecore!».

«Neanche una?».

«Se arriva, noi non siamo certo gente da far venire s'acabadora per affocarla!».

«E se ti chiamano militare? Se scoppia un'altra guerra?».

«Non ci vado, babbu conosce uno a Noroddile che per due agnelli e un carro di legna ti riforma anche se sei abile».

«Ma quando saremo vecchi ci vorremo ancora bene come adesso?».

«Noi ci vorremo bene anche dopo morti, Mintò!».

I nostri pensieri volavano leggeri sulle ali delle farfalle cavoline, inseguendo la luce che filtrava dalle stramature dei lecci e dei salici. Nel lago di Funtana Vritta gli occhi di Micheddu diventavano color olio di frantoio, liquidi e buoni.

La notizia del nostro amore precoce si era diffusa nei paesi del circondario. Chi non si scandalizzava apriva le braccia sconsolato ed esclamava:

«Tutto passa, figli belli, l'amore come la sbronza. Prima iniziate, prima vi saziate, prima finite! Cumpresu, bellicheddos meos?».

Così pensavano e dicevano anche i parenti stretti:

«Già gli passerà! Quando cominceranno a friggere con il loro olio, si lasceranno! Basta avere pazienza e aspettare».

In pochi mesi ci raccontammo tutti i segreti delle nostre brevi esistenze. Io gli nascosi solo la storia del prete, quello che era successo il giorno della prima comunione, perché ero sicura che altrimenti gli avrebbe tolto la pelle a buscinu, con la bugna della mano. I segreti più grandi, invece, lui li nascondeva nei fondali della memoria e me li aveva scartafogliati con il pudore che hanno solo i balenti timidi, col terrore di aprire l'anima a qualcuno che poi la può vendere al diavolo. Il più grande dei suoi segreti Micheddu lo raccontò tra le lacrime, quasi rivivendo a distanza la paura che lo addentò la sera che il padre lo lasciò solo vicino alla punta di Su Ciarumannu. Aveva i calzoni corti e sei anni ancora da compiere. Era il primo di luglio e stavano tornando dalla stula della tanchitta di Maluvò. Il vento, con tutto il suo rumore di bestia ferita, aveva sparso la paglia sui batuffoli di lentischio e sul belvedere del nuraghe Miajolu. Micheddu aveva assistito alla mietitura, andando e tornando dalla sorgente con una brocca sulle spalle. Invidiava il padre e Istellazzu, il fratello più grande, che ansimando in un atto d'amore con la terra e la falce si lasciavano dietro un deserto di stoppie. Le allodole tardive piangevano in volo i pulcini abbandonati nel nido e li cercavano col loro canto disperato. I conigli impauriti dal battere dei passi e dal fischio delle falci si appiattivano in fondo alle tane. Prima del pranzo babbu Grisone estirpò dal terreno un nido di piantaritha con quattro uccellini che avevano già aperto gli occhi e si lamentavano pigolando per la fame. Li consegnò a Micheddu dicendogli:

«Se ti muoiono prima di sera torni a casa a piedi!».

Più che un regalo, quella era una minaccia, una condanna certa. Micheddu prese gli uccellini e li infilò nella conca della sughera dove il fratello aveva appeso a un ramo la bisaccia col mangiare. Una coppia di allodole si librava in alto e poi puntava a scatti nervosi verso la sughera chiamando gli uccellini con un canto insistente. Quando Micheddu tornò dall'ultimo viaggio con la brocca dell'acqua che si era intiepidita per strada, dentro la conchedda dell'albero trovò solo il nido vuoto. I piccoli quasi pronti a volare se li era mangiati un colubro uccellatore che saettava sulla paglia per buttarsi tra i rovi. Micheddu lo inseguì con una pietra in pugno, pieno di rabbia e paura, cercando di schiacciargli la coda con la pianta degli scarponi, per poi agguantarlo e sfondargli la testa. Il colubro si fece beffe dei suoi insulti infantili e, con rumore di foglie secche accarezzate, si perse in un intrico buio di rami. La strada da Taculè alla tanca di Maluvò Micheddu l'aveva fatta poche volte e quasi sempre a dorso d'asino, appresso al padre o al nonno. Si ricordava solo il forno della calce, dopo la collina del nuraghe Miajolu, e la fontana di Sos Vanzos, che in fondo alla discesa di Su Ciarumannu impestava l'aria con un malodore di uova guaste e carburo. Alla storiella del serpente che si era pappato le piccole allodole non ci credette nessuno. All'imbrunire, appena il sole allentò la sua morsa sulle schiene piegate, i grandi si rinfrescarono passandosi la brocca e poi si avviarono verso casa. Babbu Grisone partì per ultimo. Guardando Micheddu negli occhi, con un amore incrociato a cattiveria, gli disse:

«Adesso conti fino a mille e, solo quando hai finito, prendi la strada per Taculè!».

Micheddu annuì, anche se lui e il padre sapevano benissimo che non era capace di contare neanche

59

fino a trenta. Oltre le dita delle mani e dei piedi non sapeva andare. Per lui l'aritmetica si fermava al numero venti. Quando babbu Grisone scomparve oltre l'orizzonte che si tingeva a poco a poco di un rosso ruvido e accecante, Micheddu s'immerse come un'ombra nel silenzio della sera. Rimase a occhi chiusi per più di un'ora, fermo come una statua di granito, con la paura che gli entrava dall'orlo dei pantaloni e gli usciva tamburando dalle orecchie. Alla fine disse: «Milli!» e prese a correre come un cane che ha spezzato la cavezza di cuoio in cerca della libertà. Ben presto le gambe gli diventarono due tronchi sanguinanti. Gli aculei gialli della scarlina spandevano il loro dolore fino alla borsa rappresa dei testicoli. Lo aiutò un po' la luna, illuminando il belvedere del nuraghe che lo orientava. Il resto lo fece il pudiore della fontana di Sos Vanzos, che lo guidò a fiuto per tutta la discesa di Su Ciarumannu.

A casa mama Lachia lo aspettava arrasando e piangendo.

«Già l'hai fatta bella a lasciare il bambino da solo in campagna! Se gli succede disgrazia ce l'hai sulla coscienza. Vai a cercarlo! Vai, per carità, che così non posso stare!».

Grisone le sfiorò la guancia rigata di lacrime e la tranquillizzò:

«Rimani calma e non preoccuparti, Lachì. Vedrai che non tarderà a tornare!».

Il tempo di qualche Ave Maria e il pugno chiuso di Micheddu si fece sentire sul legno del portalone. Babbu Grisone gli aprì la porticina laterale e, prima di accompagnarlo al pozzo per lavarlo, lo rimproverò:

«Potevi anche usare il battente, che non avevi manco appresso i carabinieri!».

La faccia di Grisone somigliava a un pane d'orzo mal lavorato. La luce della luna gli riverberava un sorriso che era più di piacere che di disappunto. Avrebbe voluto dire al figlio:

«E bravu Micheddu! Sei proprio carne della mia carne, che non si ferma di fronte alle prime unghiate della vita!».

Ńon lo fece. Grisone voleva educare il figlio a capire il linguaggio delle occhiate, dei gesti e dei silenzi. In fondo in fondo, quella punizione la considerava un vaccino contro la paura.

L'altro segreto grande, per importanza e gravità, che mi raccontò Micheddu fu il secondo battesimo a cui lo costrinsero un anno dopo i fratelli nel fiume Firchidduri. Con la scusa d'insegnargli a nuotare, lo portarono fino alla piscina di Sos Voes Thopos. Lì lo spogliarono e lo buttarono da uno strapiombo, dove l'acqua era più scura e profonda. Lo tirarono su solo dopo che si era gonfiato come una brocca, prendendolo per le braccia e ridendogli in faccia.

«Ma lo sai, Michè, che nuoti proprio come una tinca?».

Micheddu vomitò sull'erba acqua e saliva, poi li guardò fissi dentro gli occhi:

«Questa me la pagate prima che tramonti il sole! Parola di Micheddu Lisodda!».

Istellazzu, che era il più balente dei fratelli e si apprestava a partire per il servizio militare, lo minacciò con la pattadese:

«Se solo ci provi, a raccontarlo a babbo, giuro su Dio che ti scanno! E manco le brulle sopporti adesso?».

Lo avrebbe scannato davvero, quel fratellino che tutti costringevano a infortirsi e crescere in fretta a colpi di burle e paure.

Quando finì di raccontare quella brullazza gli occhi di Micheddu si annuvolarono e per poco non gli scappò da piangere. Poi mollò una delle sue risate e lanciò in acqua un sasso a forma di cuore. Quel pomeriggio rise più a lungo del solito e, alla fine, mi svelò pure il segreto dell'orinale che aveva rovesciato di nascosto nel letto di Istellazzu dopo lo scherzo della piscina.

A Micheddu l'entrata ufficiale a casa mia non glie-la volevano dare a nessun costo, perché dicevano che io ero troppo piccola e lui senza arte né parte. Anzi bandito lo consideravano, dopo che si era na-scosto qualche settimana nell'ovile di amici, in attesa che si schiarissero le acque. Lo avevano accusato del-la rapina all'esattoria di Bacujada e dell'assalto a un postale nelle curve di Mela Ruja, due colpi nello stes-so giorno. Invece di difenderlo me lo condannava-no. Poi già si mise tutto a posto, perché uscirono una garrela di testimoni a relatare che Micheddu quel giorno stava imballando fieno nella campagna dei Nunnales. Niente c'entrava lui con quelle titulie. Chissà chi se li era presi quel soldi. I Lisodda, co-munque, erano gente laboriosa e rispettata, di quelli che non rubavano il pane degli altri e, se qualcuno gli faceva torto, sapevano cacciarsi la rogna da soli. Ne sapevano qualcosa quelli di Pantaleu Canargiu, vicini di pascolo. I Canargiu, solo perché erano figliocci di cresima di don Preziosu Cuscusone, si prendevano tutte le terre del papa e sconfinavano senza mai chiedere scusa. Stanchi della cosa, per far-si capire all'antica, i Lisodda impiccarono dieci pe-core ai pali della recinzione, le sbuzzarono e le la-sciarono pancia al sole. Una pecora appesa per ogni Canargiu vivo. E quelli zitti, manco ba.

«Zente chin sos tranzilleris!» diceva di loro mio padre.

Insomma, avevano cozzones tostos e non uova di scricciolo tra le gambe. Per questo motivo Miched-du poteva venire a prendermi a scuola e accompa-gnarmi fino al portalone di casa senza che nessuno dei miei parenti lo guardasse in malocchio.

Canta, mannai, canta!

A duru duru durudai
chi s'amore de custos zovaneddos no morgiata mai
menzus si morgiata sa regina e su re
a duru duru durusè.

6

Per noi di Laranei l'inverno era come un lungo letargo

Per noi di Laranei l'inverno era come un lungo letargo che sapeva di castagne arrostite sotto la cenere, savadas fritte nello strutto, setole bruciate. Ogni tanto, colata da un setaccio invisibile, arrivava la neve a uccidere i cattivi pensieri delle notti astragate. Al risveglio, camminare su quel manto spugnoso era come mettere i piedi in paradiso. Solo più tardi, quando i fumaioli delle case iniziavano a scatarrare le prime volute di fumo pastoso, il maestrale sferzava con i suoi sbuffi violenti quel tappeto di panna mandata dal cielo. Le femmine liberavano gli ingressi delle case col palittone e spaghinavano per terra briciole di pane per gli uccelli. Sos mannos, i maschi grandi, uccidevano i maiali, spaccavano la legna, ripulivano gli alambicchi e preparavano le vinacce. Nelle logge dei cortili si spandeva un profumo inebriante di ciclamino selvatico e uva maturata al buio. La guardia comunale e i ruffiani astemi si perdevano per le vie del paese con il naso all'insù, inseguendo sentori di zucchero distillato che non si lasciavano acchiappare. Una volta soltanto a casa di babbu Bagliore arrivò Biodda il daziere. Entrò in cortile senza bussare, come fosse a casa sua. «E cos'è questo? E cos'è quello? Sapete che distillare clandestinamente è reato?».

Chi lo aveva mandato da noi era persona che aveva già bevuto dal corno di montone che babbu teneva legato alla cintola. Era persona che sapeva quanto l'acquavite aiutasse i Savuccu a vincere certe volte i morsi della fame. Biodda era il suo soprannome, perché aveva una testa che sembrava una billodda e, quando parlava, sputava a spruzzo come se stesse pisciando con le labbra. So che queste sono espressioni che stanno male sulla bocca di una vedova, ma il tempo passato non è riuscito a stemperare l'odio verso quel daziere, col berretto sempre unto e i pantaloni chiazzati dall'orina sgocciolata troppo in fretta. Il daziere di Laranei ogni mattina lucidava a sputo il distintivo del fascio che portava all'occhiello. Uno così, a farlo a carne non ne avrebbero mangiato neanche i cani. Era malu vischidu, dentro e fuori. L'occhiata storta metteva paura ai bambini e il suo alito puzzava più del gigaro. Babbu e i miei fratelli lì per lì non dissero niente, ubbidirono solo agli ordini. Caricarono a malagana l'alambicco sul carro da buoi e lo portarono in caserma. Si fecero prestare i soldi da tzia Filumena l'usuraia e pagarono anche la multa senza un bi o un bo. A Biodda, mio padre lo guardò solo negli occhi e gli diede una manata leggera sulla spalla, come a dire in silenzio:

«Goditelo in salute questo momento, che il bello per te deve ancora arrivare, izzu 'e bagassa vezza!».

Appena si squagliò la neve e la morsa del ghiaccio liberò le strade, a Biodda gli minarono la casa nuova con dieci chili di gelatina da cava. Gli sistemarono sui muri portanti delle facciate quattro alambicchi pieni di esplosivo e pezzi di ferro, che distillarono pietre, fango e calcina, sparando quei resti fino al cielo. Poche carriole di detriti rimasero. Lui lo estrassero dalle macerie ammorbidito come una pelle conciata e lo ingessarono fino alla punta del naso, quel naso che andava nuscando senza permesso il culo degli altri. I soldi della multa non gli bastarono neanche a pagare le medicine. Da allora, a Laranei, l'abbardente la distillarono tutti lasciando i portali dei cortili aperti. Babbu Bagliore non era un balente e non aveva la forza di Secchintrese, ma a rendergli la vita più difficile di quanto già gliela rendeva Nostro Signore non si faceva un buon investimento. Anche i miei fratelli era meglio non farseli nemici. Se li rispettavi si toglievano il pane di bocca, altrimenti erano capaci di strapparti le uova di sopra e di sotto a unghiate.

A Laranei il disgelo arrivava lento come un cancro, denudando i rami degli alberi e appiccicando ai vestiti di velluto un'umidità cremosa, che dava alle esistenze un senso di stantio. I merli vagabondavano per gli uliveti a caccia di frutti passiti e i passeri aspettavano le briciole del pane di segale sui davanzali delle finestre e sugli usci delle case. I bambini preparavano palline di mollica con la saliva e le imbeccavano nelle trappole da nascondere sotto la terra scura degli orti. I più coraggiosi, come esca, usavano l'aramedda, la scolopendra, quella che quando ti morsicava spandeva il suo dolore velenoso sino alle budella. Gli altri andavano per campi con l'arco e la fionda, a ciappinarsi a volte anche i bersagli più facili come il picchio muratore o la Maria pica.

Per i bambini di Taculè, invece, l'inverno era il carnevale, il sapore delle zeppole calde, i coriandoli ritagliati dai giornali vecchi, la buccia dei mandarini spruzzata sul naso, le pattadesi segnate a fuoco con le iniziali, il ballo in piazza con la musica dell'organetto di Vittoriu il lattoniere. L'ombelico del mondo barbaricino, che col suo cordone invisibile legava tutti alle origini issoccando emozioni misteriose e paure ancestrali, a carnevale era la piazza del paese. Dìlliri dìlliri dìlliri. Tutto girava intorno a quella musica scheletrita e luttuosa: le femmine, il fiasco del vino nero, il riso, il pianto, i corvi posati sul filo con le bandierine, la morte. Le maschere di Taculè erano molto diverse da quelle di Laranei. Col loro viso deforme e allungato guardavano dritto all'anima ed erano il simbolo di un'immobilità millenaria che si muoveva solo al suono dei campanacci. Drùùùn drùùùn drùùùn. Salti di gente che si è persa e cerca la madre del cielo avvolgendosi in un vello di caprone. Drùùùn drùùùn drùùùn. Occhi maligni che si muovono dietro il legno del perastro scolpito da mani esperte. Drùùùn drùùùn drùùùn. Occhi disperati, cangianti come le stagioni, come gli umori dei frequentatori di bettole, che passano dal sorriso al coltello, dall'amicizia alla disamistade. Drùùùn drùùùn drùùùn. A Taculè la brace della vita agonizza dentro il braciere del tempo, sembra accesa ma è spenta, e solo tinta con sangue di giovenca e calcina, come la maschera di Su Bundu.

Micheddu, quando non eravamo ancora sposati, a carnevale mi portava a Taculè per ascoltare la musica dei bronzi che si spanciava ossessivamente sull'impietrato. Drùùùn drùùùn drùùùn. Mama mea, che paura, c'era da tremare come canne. La gente si disponeva ai bordi delle strade e aspettava con i fiaschi di vino nero in mano l'arrivo di quella sfilata di demoni che anticipavano la quaresima, la morte di Cristo. Io, col respiro affannoso che non sapeva da dove uscire, inseguivo quel ritmo primitivo con l'anima in gola, mi domandavo se il nostro primo Dio non fosse stato un muflone nero con le corna striate di rosa. Ero una ragazzina, ma capivo già benissimo gli obblighi che imponeva la sopravvivenza nella mia terra. Quelle maschere non mi piacevano, le avrei bruciate tutte in un grande focorone, insieme alle pelli, ai gambali, alle socche. Non mi divertiva neanche il loro girare intorno alle pozzanghere di vino che si formavano quando un boccione veniva svuotato per terra in segno propiziatorio per la vendemmia successiva. Erano maschere sulle maschere, di gente che voleva nascondere le proprie intenzioni, i propri cupi pensieri. In questo avevo preso da mannai Gantina, che diceva sempre che i cristiani nascono già mascherati e aggiungersi un'altra maschera non serve a niente, complica solo le cose, rende amara la vita. A Micheddu, per non dargli un dispiacere, queste cose non gliele dicevo. Ma lui lo sapeva lo stesso che a me la gente piace guardarla in faccia, entrargli dentro come un fulmine a bocca aperta. Ho sempre odiato le persone che mi parlano guardandosi la puntera dei cosinzos o l'orlo della fardetta, a cara in terra.

A carnevale Micheddu si bardava il cavallo con sonagli e sonaglietti e indossava il costume di mannoi Marantzu. Ero quasi gelosa di quella bestia che si portava a spasso il mio amore fino alla domenica di Sas Padeddas. Avevo anche paura, perché Micheddu era di muschera mala, e quando si sconzava bevendo tirava fuori sa lesorgia che era lunga e affilata come un trincetto. Quando era a testa di vino con lui non faceva a scherzarci, diventava l'ira di Dio. Il vino nero e la passione per i cavalli erano gli unici difetti che aveva, altri non gliene ho conosciuti.

Più di tutto, però, io ero gelosa di una bestia a due zampe, una femmina furistera che camminava come se stringesse sempre qualcosa tra le natiche. Si chiamava Ruffina ed era la moglie del brigadiere Centini, quello che comandava la stazione dei carabinieri. Aveva il culo gonfio come una vescica di porco e le titte dritte come due pere invernali. Micheddu si divertiva ad annicrarla anche in mia presenza, perché diceva che la carne di donna di sbirro è sempre molto più buona delle altre. A farsi la moglie di uno con le strisce e la bandolera da noi era considerato un onore, perché, secondo i maschi, si univa il godere al piacere dello sfregio. Era come bardanare una donna, come rubarla a chi la teneva nascosta, a chi non se la meritava. I carabinieri, a Laranei e Taculè, tutti li consideravano minci morti, gente che si era arruolata perché ce l'aveva piccolo di natura e voleva godere indossando una divisa. Chi s'infilava dentro una divisa di sbirro per procurarsi il pane da noi era considerato una merdedda, una cacada de pudda.

Ruffina era prospera come un culurgione, guance cinabro e occhi gatteschi che spogliavano gli uomini. Aveva il ventre piatto come se glielo avesse spianato a piallate tziu Franziscu Caseddu, il maestro del legno più bravo del circondario. Abitava a Taculè da sei anni, quella bagassa mala, e non si era ancora lasciata slombare da una gravidanza. I pastori e i minatori raccontavano che era più facile imprinzare un masso di granito bucato che quella lì. Le femmine di paese dicevano invece che non si faceva survare per non sciuparsi i fianchi, per non farsi le tette e il culo a ricotta. A guardarla fasciata dentro le sue gonne nere a tubo sembrava una che avesse paura di non arrivare in tempo all'orinale. Iiiiif, iiiiif, iiiiif. Parlando aspirava l'aria a denti stretti e arricciava a fetta d'anguria la bocca rossettata. Micheddu si divertiva a farmi ingelosire. Io molte volte me ne tornavo a casa a piedi, imprecando contro quella continentale che abbrancava giovani e vecchi al fondo della braghetta e li mandava in calore accendendogli il forno. Anche il podestà se la ciucciava con gli occhi. Io me la sognavo la notte, montata da uno stallone che prima le scassava il ventre e poi, attaccata al battacchio, la trascinava al galoppo in un burrone e la lasciava cadere in fondo. Micheddu e i suoi amici dicevano che il brigadiere era unu mincilleu, di quelli che non gli tira e si sposano solo per trovare una theracca. Panni da lavare, scarpe da lucidare, tavola apparecchiata e letto pronto. Centini, invece, secondo le solite malelimbe, la moglie se la futtiva e comente, solo che al momento giusto lei tirava la meccanica al carro, stringeva le cosce e con una spinta lo faceva venire altrove. «O così o niente!» si diceva gli urlasse la sera prima di coricarsi, quando lui si squagliava in proposte di maternità e lei si voltava adirata dall'altra parte. «Se non ti va bene addio e bonasera!».

Queste voci le metteva in giro tzia Turudda, quella che gli aveva affittato la casa vicino alla caserma e, dalla parete della sua stanza, diceva di sentire anche il loro respiro. Tzia Battora la maghiargia, che era femmina seria e ascoltata, liquidava queste dicerie con poche parole: «Avulas! Bugie! Tutta invidia!».

Lei Ruffina la conosceva bene perché il marito gliel'aveva portata per farle la medicina contro il malocchio. Tzia Battora se ne accorse subito che quella furistera aveva qualcosa di strano, perché quando oltrepassò l'arco in trachite della porta alcuni chicchi di grano che galleggiavano in un bicchiere pieno d'acqua insieme a pezzi di carbone si gonfiarono e si spaccarono, scoppiettando come petardi. Era andata da lei per trovare il modo di farsi gonfiare senza scoppiare prima del tempo come quei chicchi di grano. Perché lei rimaneva incinta, ma dopo qualche mese le sue creature se ne andavano in una colata di sangue dolorosa e veloce. Per questo aveva il ventre levigato e tirato che sembrava una pelle di cinghiale appena conciata. Lei viveva l'infertilità come una punizione divina e per avere un bambino avrebbe dato e fatto qualsiasi cosa. Da donna, io ero convinta che pur di avere un figlio l'avrebbe data anche a Eugenio il campanaro e a Nandino Cassarolu il becchino. Ero convinta che avrebbe fatto correre fiumi di sangue altrui pur di realizzare quel sogno. Dopo quella volta in cui Micheddu disse per burla che se io fossi stata d'accordo lui le avrebbe fatto volentieri il piacere d'ingravidarla, mi rifiutai di vederlo per un mese e gli rimandai indietro con mannai Gantina l'anello di corniola che mi aveva regalato. Ma cose da dire sono a un'innamorata? «Si tue is'istada de accordu mi l'avio curta eo!». Quando voleva, Micheddu sapeva ferire con le parole quanto con la leppa. Altro che corrersi la moglie del brigadiere! Doveva smetterla di correre anche a cavallo, che era già omine mannu e non sapeva fare altro. Erano anni che eravamo fidanzati ufficialmente e di altare e corredo manco l'ombra. In quei momenti di scoramento e solitudine mi convincevo di aver sbagliato uomo, famiglia, paese. Mi pentivo di essere nata e m'incamminavo scalza verso il laghetto di Funtana Vritta, con il cuore gonfio di cattive intenzioni e un libro in mano. Una volta che ero arrabbiata per un'offesa lo avevo detto anche a lui:

«Mira, Michè, che mi butto nel lago e non mi vedi più!».

Lo minacciavo, ma non lo facevo. Finiva che mi mettevo a leggere all'ombra e, dopo qualche oretta, ritrovavo di nuovo il gusto di vivere.

Qualche anno più tardi, mentre Micheddu banditava, a Taculè e Laranei le lingue sporche andarono spargendo in giro saliva e fiele sulla solidità del nostro amore. Si bisbigliava che il brigadiere ce l'avesse con Micheddu perché la moglie se n'era invaghita e gli lasciava fare cose a lui proibite.

«Compà, quello ormai lo tiene puntato e arriva il giorno che gli presenta la cambiale! Vivo non lo prendono di sicuro!».

«Dipende da chi fa prima, compà, Calavriche quando punge lascia il segno! E i Lisodda dove li mettete? Quella non è gente che mostra le natiche alla forza pubblica!».

«Qui ci saranno terribilios, compà! Questa non è

storia che finirà bene! Se ci scappa il burdo vedrete che arriva pure il morto!».

«Eh, affuttito ne siete! Andrà come deve andare, Dio ci penserà!».

«Se non ci pensano prima gli uomini, compà! Se non ci pensano prima gli uomini...».

«Comà, signora Ruffina ha preso una cocchera per quello sregolato di Micheddu, ve ne siete accorta?».

«Già lo credo che me ne sono accorta! Si vede che le piacciono i giovanotti tutto nervi e vene gonfie».

«Vero, comà, paragonato a quella pantuma in divisa del marito, Micheddu sembra lo stallone di tziu Bomboi».

«Sentito avete che li hanno visti rotolarsi nel pagliaio di tziu Peppe Murichia?».

«Anche lì? Allora questi sono sempre attaccati comente colovras! Io sapevo del giorno che sono scappati nudi a cavallo dal nuraghe Miajolu perché erano cadute delle pietre».

«E fuoco li bruci, cosa pilisano, un terremoto, quando ammorano? Che vergogna! Poi signora Ruffina gli vince più di dieci anni: ancora così vuddia sarà?».

«Qui, se la cosa continua succede scandalo grande!».

«Povera Mintonia, con tutto quello che ha passato per lui! Un gallo alla macchia che si mette a carcariare con le mogli altrui non è proprio cosa bella! Mì che ci vuole coraggiu a peleare uno così!».

«Curruda e affusticada, comà! Es semper gosi pro nois, fai bene agli uomini e vai in ora mala».

All'uscita della messa, nelle bettole, sulla piazza del macello, nella passeggiata domenicale lungo il viale degli olmi, così di noi si parlava. E che siano stramaledette anche all'inferno quelle malevoci che poi sono entrate nelle case a frastimarci col loro ali-

71

to venefico, a mettere ruggine nel ferro del nostro sentimento, a gettare ombre di sangue sul futuro del figlio nostro che ancora doveva nascere! Maledette siano quelle vespe punghiole che ci hanno portato sfortuna.

Canta, mannai, canta!

A sa zente vona e laboriosa
vida longa e meda de cada cosa.
A zente limbuda e manicantina
vida curza e dolores de ischina.

7

Il giorno della prima comunione ero bella
come un angelo

Il giorno della prima comunione ero bella come
un angelo. Tzia Turricca mi aveva sestato e cucito il
vestito di mussolina con uno scampolo di stoffa che
le aveva lasciato un rappresentante di abiti per signora. Mi mancavano solo le ali per volare. Quel
rappresentante era di Noroddile, si lucidava i capelli con la brillantina e vestiva sempre elegante. Su
Damerinu lo chiamavano per scherzo e per sfottò i
miei parenti. Dopo un paio di settimane che lui era
passato a Laranei, alla messa della domenica tzia
Turricca sfoggiava un vestito nuovo. Da quando le
era morto il marito di tibicì faceva da pensionante a
maestri, ambulanti e commercianti di bestiame. Se
le capitava di avere troppo caldo o troppo freddo,
s'infilava nei loro letti con una scusa e se li cavalcava
come scope di saggina. Era considerata la vergogna
della famiglia, ma tutti chiudevano un occhio, perché in tempi di carestia e di siccagna procurava un
po' di tutto. Aveva la casa sempre piena di miscela
di caffè, cioccolata, scatolame, profumi, pezze di
stoffa e scarpe col fondo di cuoio vero, non come

quelle di cartone che in inverno e per le feste usavamo noi, che imbarcavano acqua, polvere, ghiaino. Tzia Turricca, dopo la morte del marito minatore, si era data alla pazza gioia, aveva preso a vivere alla trallallero, togliendosi ogni gusto e prendendosi le libertà che Teodoricu Munzale le aveva sempre negato. Tzia aveva passato la vita vestita da miserabile, tutti i giorni la stessa fardetta grigia e la blusa color gatto con la tigna, chiusa in casa come in una tomba. Quando era vivo Teodoricu lei non poteva neanche andare a pisciare da sola, il marito le proibiva di parlare con altri uomini, le contava le uova che si sbatteva la mattina. Per questo decise di prendersi la rivincita e iniziò a vestirsi di colori mai visti, a girare come una cincirinella. «Morte sua vida mea!» mi aveva detto un mattino che si era scolata un mezzolitro di vovo fatto in casa. Lei era la più bella delle sorelle Ghilinzone. Mama Narredda in confronto a lei sembrava uno scopile da forno. Tzia Turricca è rimasta di animo buono anche dopo che ha perso i denti per colpa del cimurro e la beozia le ha gonfiato il viso. Nel letto non la voleva più nessuno perché si strasummava ogni volta che consumava e gli uomini si mettevano paura. Era malata di una particolare forma di epilessia. La pensione fu costretta a chiuderla per mancanza di clienti. Si alzava dal letto solo per permessare, mangiare e bere: non voleva l'aiuto di nessuno. L'ultimo vestito di seta che le aveva regalato Su Damerinu non se lo cambiava mai, le si era incollato addosso come una pelle presa in prestito e puzzava di cavolo fermentato. È caduta dal davanzale una notte che era uscita a sventiare una muschera più grande delle altre. I parenti dicevano che si era buttata. Poveritedda, che fine brutta.

Le scarpette bianche per la cerimonia me le biaccò madrina Franzisca, che maneggiava gli ossidi e gli acidi della farmacia come le posate. I capelli, che già andavano schiarendo in un biondo orzato e brillante, me li abboccolò con un ferro arroventato nonna Gantina. Per tenere in piedi quel parruccone, simile a un grande nido di rondini, li indurì con chiara d'uovo e aceto. Le labbra me le pitturarono con un batuffolo di carta velina rossa inumidita. Le sopracciglia, unite a morsa di scorpione sopra la sella del naso, me le sfoltirono con una pinzetta di osso lucidato. Il buco per gli orecchini me lo aveva già fatto sei mesi prima mama Narredda con uno spillone disinfettato alla fiamma. I pendenti, a forma di cuore di Gesù, me li regalarono con una colletta i parenti. Al catechismo ci ero andata poco perché l'odore dell'incenso mi dava ganamala e capogiri. Lo stare dentro la chiesa mi faceva sentire come già morta, anche se assistevo a un battesimo o a un matrimonio. Di fare l'angelo il giorno de s'iscravamentu di Cristo mi ero stancata. Le catechiste mi consideravano una bambina inquieta, di quelle che passano dal riso all'ira in un lampo. Mi detestavano, e io non le potevo vedere neanche dipinte. Una di loro, tzia Nunnalia, che aveva già sprecato sessantaquattro anni a tessere la ragnatela della sua follia, quando eravamo sole mi chiamava bagassedda e mi scorriava pizticcones sulle guance.

«Che già ti mascherai! Vedrai che ti sazierai prima del tempo!».

Quella maledetta aveva ragione, io nella vita mi sono abbrentata prima d'amore e poi di dolore.

Un giorno che mi aveva visto pisciare in cerchio con i maschi, a sa rizza, non lo aveva digerito, le erano rimasti i peli sullo stomaco come dopo una mangiata di quaglio sporco. Non mi dava pace.

«Già ti sazierai, bagassedda! Vedrai che ti sazierai!».

Mia madre lo venne a sapere da qualcuno e andò ad aspettarla fuori dalla chiesa. All'uscita dalla messa cantata la chiamò in disparte e le domandò a muso duro:

«E cosa ti deve la mia bambina, ah? Brutta bagassona che non sei altra, non ti vergogni di parlare così a una creatura? Se ti bastano l'animo e la forza prenditela con me! Mira che se le rivolgi di nuovo la parola ti apro il fegato a stoccate e i tuoi occhi li do in pasto alle galline!».

A sentirsi chiamare brutta, vecchia e pure troia, tzia Nunnalia non ci vide più dalla collera e raccolse la sfida di mama Narredda a confrontarsi con lei. Sotto il colonnato dell'ingresso della chiesa di Minzarò se ne diedero con mani, piedi e morsi, e se ne dissero di ogni colore. Alla fine vinse mia madre, che le strappò la fardetta, le slegò la treccia trattenuta da un pettine in una crocchia e gliela tagliò con una sforbiciata. Tzia Nunnalia, nuda dall'ombelico in giù, si mise a correre gridando:

«Ohi, la vergogna! Ohi mama mea, la vergogna!».

Mia madre la rincorse fino all'uscio di casa con le forbici in mano.

«Se ti prendo ti apro come un cassetto! Giuro che ti finisco!».

Mama Narredda quando delirava delirava davvero. Se l'avesse raggiunta, l'avrebbe di certo aperta come il cassettone di un comò. Per evitare scenate e non intinzire il vicinato, il giorno della festa delle comunioni tzia Nunnalia se ne rimase a casa a imbastire maledizioni contro la mia famiglia. Le sue maledizioni erano di quelle che attaccavano come la resina dei cipressi. Io, a quei tempi, ancora non lo sapevo.

Alla cerimonia eravamo quasi cento bambini. Annata di leva fertile a letto la nostra, ma sterile per i campi che non videro uno sputo di pioggia per dieci mesi. Quell'anno, raccontava mama mea, sembrava che qualche spirito santo burlone fosse entrato a spargere semenza di cristiano nelle case e sale grosso nelle tanche. Il raccolto del grano e dell'orzo fu talmente magro che ci poteva stare in poche sacchette. Le piogge, quando arrivarono, non furono più abbondanti di una pisciata di mucca. Nei poderi grandi di Corcovè, Lidone Craru e Padules, la terra si seccò, si aprì e si fece a bolle come un'immensa cotica bruciata. «Terra lebbrosa e maleitta!» aveva sentenziato per tutti tziu Gedeone Muscau, che campava dai buoi e dall'aratro. Le acque di Firchidduri si addensarono in un colostro madricoso che inghiottiva le bestie assetate.

«Annada mala, pitzinnos bellos!» così aprì la messa per le comunioni don Zippula, che di statura era più alto del vescovo di Noroddile che gli stava accanto. Già lo sapeva lui cosa voleva dire con quell'uscita che intenerì i padri fino alle lacrime e costrinse le madri a srotolare i fazzolettini ricamati dai polsini delle bluse. «Signore, oggi la tua innocenza entra nel cuore di questi fanciulli, per preservarli dal male e farli vivere nel rispetto dei comandamenti!».

Tutto si concluse con la foto individuale e di gruppo che ci scattò tziu Sindrione Bullitta, il fotografo ambulante. Per la foto collettiva ci dividemmo in tre gruppi. Alla fine non si capiva più niente, perché chi non scappava a destra scappava a sinistra, vinto dalla voglia di raccogliere i regali e contare le offerte in denaro dei parenti.

A Laranei, le comunioni erano considerate un rito propiziatorio per saltare il muro dell'infanzia e le cresime una consacrazione per entrare nei misteri dell'adolescenza. Chi non era cresimato si poteva dimenticare il matrimonio, perché in queste cose don Zippula era molto intransigente. Per questo molti anticristi trascinavano la loro claudicante verginità fino alla vecchiaia, spulicandosi tra le lenzuola o in qualche stalla. Don Zippula era intransigente anche con quelli che poco poco puzzavano di socialismo, con i luciferi che non rispettavano Dio, la milizia e il podestà. Per loro si aprivano senza processo le porte dell'inferno e i cancelli della rotonda di Badu 'e Crapas.

«L'uguaglianza e la perfezione sono del paradiso, non di questa terra!» diceva sempre per far capire che il comunismo era una vijone mala.

Prima di andare via chiamò mama Narredda dietro il confessionale e confabulò con lei di esorcismi e di bundos che si stavano impossessando di alcuni bambini del paese. Era risaputo da tutti che lui, in seminario, si era impratichito con monsignor Trunzone, lo scacciadiavoli più bravo dell'Isola e forse anche del continente. Don Zippula era così turpe da far correre anche il diavolo appena si avvicinava col crocefisso pronunciando le parole fatali:

«Survalì, survalà, survalette! Vae Satana! Thucca tenende che unu coette!».

Dopo la formula buttava acquasanta e tirava fuori dalla sottana una baionetta. Con quella andava affettando nell'aria il nemico invisibile e gridando:

Ciumbaima ciumbò
veni ca di picas su chi di dò.
Ciumbaima ciumbera
de lassare cust'anima ache a manera.

I sottoposti alla pratica dell'esorcismo si mettevano una tale paura che spesso sbattevano la testa al muro e svuotavano le interiora durante il rito. Alcuni da grandi prendevano i voti, altri diventavano sacrestani, in molti impazzivano. Mia madre, che non era ingenua e aveva poca fede negli uomini e molta in Dio, accettò a malincuore l'idea di una visita spirituale per verificare se dentro di me era successo qualcosa di strano dopo che avevo inghiottito la mia prima ostia benedetta, il primo brandello di Cristo. Se ne andarono tutti a casa e mi lasciarono da sola col prete. Don Zippula si era impegnato a venire a pranzo da noi e così mi avrebbe riaccompagnato lui. A me dissero solo che il parroco doveva farmi un regalo per conto del vescovo, che si era spostato a Taculè per la visita pastorale. Don Zippula mi fece accomodare su un canapè del soggiorno e si sedette di fronte a me a gambe aperte sopra una poltrona di giunco che somigliava a un calice rotto. Aveva l'aria di un volpone affamato che gira intorno al pollaio studiando il modo migliore per scavalcare la rete. Mi riempì le tasche di mentine, poi, da una scrivania ingombra di libri sacri e gagliardetti del duce, prese un minuscolo cofanetto di legno laccato di blu e si sedette accanto a me. Mi infilò da sopra la testa una collanina d'oro a maglia sottile con un ciondolo della Beata Vergine Maria.

« Questo è un pensierino da parte mia e del vescovo. Oggi ti sei sposata con Cristo e noi dobbiamo accertarci che dentro di te non ci sia più il diavolo».

Diceva «noi», mettendoci in mezzo anche il vescovo che lo aveva delegato.

Di sicuro tzia Nunnalia la catechista gli aveva condito polpette con zolfo e carne di diavolo, solo perché mi aveva visto fare acqua con i maschi del mio vicinato. «Quella è una bagassedda posseduta dal demonio!». Mi sembrava di sentire la sua voce rimbalzare sulla gradinata della chiesa.

La pelle sudata di don Zippula era bianchiccia e spessa come una sfoglia di cera. La sua lingua di lucertola ripuliva su e giù tra i denti scuri i resti dei dolci appena mangiati.

«Allora, allora, vediamo di scovare questo demonio... Cerchiamo prima di scoprire da dove è entrato...».

M'invitò ad aprire la bocca per vedere se c'erano tracce del passaggio di Su Bundu. Quando mi sfiorò la fronte con la punta del crocefisso pensai che si

79

fosse ammacchiato all'improvviso e trovai la forza per protestare:

«Iscusae, ma vois no sezes mancu su dottore!».

E quando cercò di allungare una mano verso i miei capelli con un morso quasi non gli staccai tre dita, come avevo fatto con l'orecchio di mia cugina. Don Zippula ansimava e implorava come un bambino viziato:

«Devo visitarti! Devo vedere se sei posseduta dal demonio, se sei ancora in grazia di Dio!».

Mi misi a correre intorno al tavolo ingombro di carte e immaginette, cercando di raggiungere la porta che dava sul giardino dietro la chiesa. Dal parastaggio della libreria riuscii ad afferrare la baionetta lunga tre palmi e gliela girai intorno alla pancia con aria minacciosa:

«Se fate un altro passo in avanti giuro che vi abbuddo!».

Il prete s'ammutolì e si nascose sotto uno sdraio lacero e bisunto. Fu questione di secondi, il tempo di tirare il chiavistello e scappare fuori. La sua voce stridula e delirante m'inseguì fino all'uscio di casa:

«Indemoniata sei! Ricordatelo! Il demonio vive dentro di te! Il demonio ti porterà all'inferno insieme all'uomo che avrà la sfortuna di sposarti!».

Almeno avesse avuto ragione, quel titulazzu di prete, così non sarei rimasta sola con due creature, una che cammina con le sue gambe, l'altra che mi rotola dentro il ventre!

Sotto il pergolato i parenti avevano iniziato a tagliare la carne per il pranzo in mio onore. Erano tutti già brilli di acquavite e vino dolce, e nessuno fece caso all'assenza di don Zippula.

Il giorno della mia prima comunione, adesso finalmente posso dirlo, invecchiai di cent'anni. Passai il pomeriggio e la sera a seppellire il ricordo del prete maniaco nel punto più profondo del pozzo della memoria. La notte mi venne una cajentura a quaranta e maledissi nel sonno tutti i santi del calendario. Sognai statue di legno dipinto che lasciavano le loro nicchie polverose per inseguirmi lungo le strade strette di Laranei lanciando spade di fuoco. «Anticrista! Bagassedda! Anticrista! Bagassedda!».

Canta, mannai, canta!

> In cada pride v'ata unu bundu
> in cada bigotta chentu bagassas
> er gasi chi girata su mundu
> chin sas avulas e sas trassas.

8

A Micheddu me lo seppellirono come un cane
morto di tigna

A Micheddu me lo seppellirono come un cane
morto di tigna, tra due file di corone imbastite in
fretta con fiori di campo e una truppa di camicie nere venute apposta da Noroddile. Il prefetto aveva
paura di disordini e scandali, come se lo scandalo
vero non si fosse già consumato macellando mio
marito. Custos maleittos sanno solo concimare la
terra con il sangue, altro non sanno fare.
Il podestà, invece, lo interrarono in pompa ma-
gna. Corone, manifesti, picchetto d'onore e un fun-
zionario del regime venuto apposta dalla capitale
per tenere un discorso commemorativo. Alle condoglianze fotografarono tutti quelli che ridevano o
facevano battute di spirito sul defunto. E s'ira 'e
Deus, neanche fosse morto il papa! Tziu Minzone
Pirastru lo trascinarono in quattro nella Casa del fascio e gli spezzarono gambe e braccia a colpi di maz-
zetta: mentre passava il feretro nelle garrele strette
del vicinato di Nespulas de Oro, si era permesso di
tenere il berretto e dire a voce alta:

«Unu runza in meno, già era ora che lo spedichinassero!».

Tanti altri li portarono in caserma e li rilasciarono solo dopo avergli piagato la schiena con un nerbo di bue rinsecchito al sole. Brueddu Paderi lo legarono a due carri da buoi e lo tirarono come una cambera di fionda.

«Per allungarti!» gli ghignava ridendo il brigadiere Centini. «Che la natura ti ha fatto corto come uno sgabello da bettola!».

A Ciccitu Monzitta fecero bere un quarto di benzina e poi gli accesero un sigaro in bocca. Bella zente! Izzos de chentu bagassas vezzas! Se la presero con tutti, anche con la povera Zoseppa Ciccheredda, la matta del paese. La mischinedda passeggiava per conto suo nel vialone del camposanto, con una lucertola viva infilata nello scolo delle titte, il viso impastato di cipria scadente, le labbra tinte col nero del diavolo, il cappellino di foglie d'asfodelo. All'improvviso, dopo che si era fatta il segno della croce con la mano sinistra, raccolse alcune pietre e le tirò sulla bara urlando:

«A forza di coddarmi a scrocco ti ha finalmente fottuto la morte!».

Pover'anima, l'hanno quasi affogata nel vascone dell'orto di tzia Bannedda Pompia.

Eppure lo sapevano bene che nessuno di loro c'entrava niente con la morte del podestà. L'indomani, quando Cadirina Rastellu finì di pulire il cortile chiuso della Casa del fascio, dovettero spargere per terra paiolate di calce viva e due sacchi di segatura per coprire i grumi di sangue. Denti spezzati e ciocche di capelli, Cadirina ne raccolse una taschedda e li nascose in un tombino, per ricordarsi quella giornata che le lasciò una brutta ferita nella memoria.

«Ohi, per Dio e per i santi, mai vista cosa del genere!».

Avvolta nel suo scialle leggero, mentre usciva dal portone dove c'era il picchetto di guardia, Cadirina Rastellu sembrava ancora più minuta, come se quell'orrore che continuava a ballare dentro i suoi occhi le avesse portato via lembi di carne, giorni da vivere.

«Agabàdemi! Agabàdemi!» così urlava Ilarieddu Truvale. «Finitemi, cazzo! Finitemi, che io con Micheddu ero a briga da più di un anno e niente so degli affari suoi. Finitemi, che io a malapena sono buono a buscarmi qualche vitella e di politica non ne mastico! Non so chi ha ucciso il podestà, ve lo giuro su mia madre!».

Essere a briga, a dirma, da noi vuol dire guardarsi a collo grosso, togliersi il saluto e, alla prima occasione, parlarsi con la roncola o il calibro 12. Gli uomini della milizia volevano a tutti i costi che qualcuno confessasse falsità sul conto di mio marito. Volevano inventarsi un sovversivo, un pericolo pubblico, un assassino: miserabili in cerca di gradi e gloria. Volevano accollargli la morte del podestà per coprire chi sapevano loro. A Micheddu avevano imputato già alcune rapine, adesso ci mancava pure una morte sulle spalle, per rovinargli definitivamente l'esistenza e farlo marcire in galera! Lui era solo un ribelle per natura, uno che non era mai riuscito a imparare a memoria neanche il Padre Nostro e mal sopportava di porgere l'altra guancia. A schiaffo rispondeva con pugno, a offesa con leppa. Ma uccidere no, non ne era capace, io lo conoscevo bene. Dopo quelle torture gratuite e infruttuose, per inchiodarlo, cercarono iscarioti a pagamento a Ortila, Onocapu, Nuschelò. Non ne trovarono.

Oh Deus meus caru! Che ne sarà di questa creatura che mi rotola nella pancia anticipando le acrobazie di una vita che si può trasformare in una morte lenta? Ho attraversato il mare e mi è sembrato di girare il mondo in una notte. Sulla cartina, a Genova, sembra che ci arrivi con un passo. Meglio se quando sono nata tzia Andriana, l'acabadora di Oropische, mi avesse affocata come si fa con i gatti d'avanzo! Maschio o femmina sarà? Mentre scrivo, me lo domando a ogni riga, a ogni minuto che passa. Continuo a bagnare la penna nel calamaio con furia, vinta dalla fretta di partorire che mi colpisce all'imbocco dello stomaco come una sorsata di abbardente a digiuno. Questa casa di accoglienza dove sono capitata non è il paradiso, e queste suore che mi ospitano non somigliano agli angeli. Sono scorbutiche e baffute, mi passano il mangiare come se fosse un'elemosina e si fanno pagare anche la benedizione. Appena mi timbrano il foglio per l'espatrio parto in Argentina, dai parenti di Zosimminu. Le immagini di quello che è stato, le parole dette, si accavallano e si attorcigliano, scorrono come ombre veloci sul pelo dell'acqua del fiume di Sas Abbas Ranchidas. Acque che mi riportano alla memoria i fondali verdi del mare di Orrì, così diversi dai paesaggi bruciati della collina di Sos Narvones, dalla piana d'oro rosso di Murtedu, dalle garighe colostrate di Ispaduleddas.

Prima d'innamorarmi di Micheddu, quando la mia vita non valeva una manciata di prugne secche, dividevo le persone in due categorie, quelle che hanno già visto il mare e quelle che, per loro disgrazia, non lo vedranno mai. Morire senza vedere il mare è una cosa molto triste, perché uno s'immagina il mondo come un'immensa crosta impestata da verruche di calcare e granito, con alberi, cespugli e case a condimento. Sopra il mare, invece, non ci cresce niente, tutto va e torna come le barche. La vita nel mare è tutta sotto, nascosta a chi non sa vedere oltre il visibile. Le persone che hanno visto il mare si riconoscono dagli occhi, perché ne conservano la meraviglia nello sguardo e spesso li tengono sbarrati anche nel sonno, quando il letto di crine o foglie di pannocchie diventa una placenta in cui nuotare, sognando quello che verrà dopo la morte. Le labbra di chi ha già visto il mare sono ammanigliate verso l'alto, in un'esclamazione che vuol gridare: «Eh raju! Ite bellu!».

Io il mare l'ho visto da grande, un giorno che Micheddu aveva ferrato a nuovo il cavallo e lo aveva sellato da cerimonia. Aveva messo una coperta d'orbace sopra la letranca e legato mazzetti di garofani bianchi ai paramenti. La bertula era piena di emozioni, casadinas, panelle, melucce di San Giovanni, fichi neri, pesche selvatiche, un boccione di vino, pane crasau e una pustura di formaggio marcio. Prima della partenza mannai Gantina, che aveva battagliato qualche ora per vincere la ritrosia dei miei genitori, ci regalo anche una fuscella piena a rasu di ciliegie tardive, di quelle nere che quando si mettono sotto spirito danno un liquore cremoso come la sapa di fico d'India.

Manu manu che si scendeva verso la costa il profumo cambiava, spruzzando dentro le nari fiotti di zagare e mirto, ventate di cisto impastate alla salsedine. Laranei e Taculè non erano lontani dal golfo di Orrì. Il farmacista, il mulinaio, su dottoreddu e don Calandru con la vittura ci impiegavano un'oretta per arrivarci. Partivano con le famiglie, all'inizio dell'estate, bianchi come il torrone di Tuneri, e tornavano dopo i primi temporali settembrini scuri come il rame ossidato. Noi, poveros malevadaos, per invidia e dispetto li chiamavamo sos nigheddos che picche, i neropece, per vincerli almeno a sberleffi, visto che nella vita avevano sempre la panza più piena della nostra e si concedevano ogni lusso. Micheddu diceva che il nero era il loro colore naturale, il colore della loro pelle, della loro camicia per le parate, della loro anima, della morte insomma.

«Sunu tristos che luttu, colore de carvone!».

Andavano a cambiare aria in marina, convinti di prevenire ed evitare gli acciacchi invernali, e invece si ammalavano più di noi. Si vestivano come cipolle, piglia sopra piglia, ma bastava un colpo d'aria per fotterli e stenderli a letto. A noi la natura ci aveva fatto più poveri ma più sani. Con le malattie ci scherzavamo da piccoli, facendo i bisogni in un barattolo e pulendoci con pietre e foglie, costruendo torri col fango limaccioso delle fogne di Su Gutturu de Sas Prunas, staccandoci le zecche dall'ombelico con la punta della leppedda, disinfettando le ferite con una bella pisciata. Avevamo le unghie nere come artigli, le braccia e le gambe graffiate dai rovi, i piedi spaccati dal reticolato dei muri degli orti. Non conoscevamo lo spazzolino e la carta igienica, e chi nasceva strabico moriva strabico, chi aveva i denti storti o le gambe a ighisi così se li teneva con orgoglio fino alla morte. L'unica nostra consolazione era che la natura ci aveva fatto più forti dei figli dei gagà, vaccinandoci dopo secoli di miseria contro ogni lusso, contro ogni sperpero. La povertà era diventata una missione, una croce da portare sorridendo. Nelle nostre famiglie non si buttava niente, neanche le murichias del pane che restavano nel fondo della canistedda; quelle si mettevano nel caffellatte, insieme alle minuscole bacche scure che qualche volta ci lasciavano i topi. La natura ci aveva fatto più forti ma ci aveva sgravato lontano dal mare, e questo io lo vivevo come una colpa, un peccato da espiare. Forse, in un tempo molto lontano, i miei antenati erano pescatori irriconoscenti, che non meritavano la spuma delle onde che fanno il solletico ai piedi, il viavai delle barche che prendono il largo verso l'ignoto, l'odore dell'abisso che sale su e inebria più d'ogni essenza terrena. Qualche divinità deve averli puniti e portati sotto ali di grifone fin quassù, tra i nidi dei corvi e il rumore dei campanacci, così triste e diverso da quello delle onde che si litigano con gli scogli.

I costumi per fare il bagno li avevo disegnati e cuciti con le mie mani. Mentre sistemavo la roba, a casa di tzia Turricca, avevo trovato uno scampolo di stoffa elasticizzata a fiorettoni e, di nascosto da Micheddu, mi ero messa all'opera. Lui non gradì molto, perché quando si misurò il suo disse che quello era cosa da donne, che lui non sarebbe mai entrato in acqua con quelle mutande da finocchio.

«Ma ite m'as picau pro vrosciu?».

Io lo consolai ammolinandolo con belle parole e complimenti. Quando gli dissi che quello che contava per me lui ce l'aveva al sicuro tra le gambe, smise di perraliare e si infilò il costume ostentando un residuo di diffidenza.

«Non ti credere però che me lo metterò per fare il bagno!».

Il sole ci sorprese poco prima della sorgente di Ischina Picciada, mentre un velo di foschia iniziava a sfilacciarsi lasciando intravedere enormi piscine d'acqua appena increspate da ciuffi di brezza. Non lo avevo mai visto il sole spuntare dal basso come un fungo di fuoco. Mi ero abituata da piccola a osservare le capriole del suo risveglio oltre la punta di Su Merulardu, quando usciva danzando come un capretto dorato. L'acqua della sorgente di Ischina Picciada era un po' salmastra e bisognava berne in coppia quattro sorsi con la schiena piegata verso la conca, perché mannai Gantina mi aveva detto che era di buon augurio per gli innamorati.

«Due che bevono insieme da quella sorgente non si lasciano mai! Ammèntatelo, Mintò, altrimenti il giorno che prendi la croce a un funerale ti scende un fulmine!».

Mannai Gantina non aveva messo in conto la malasorte e la malazente, che colpiscono più dei fulmini.

Mi vengono i brividi anche a ricordarlo, quel momento, perché, prima di risalire a cavallo, Micheddu mi diede un bacio che sapeva di puleggia fresca, di felicità raccolta a mani piene da una corbula di petali di rosa. Molinata dal capogiro oscillai e caddi sull'erba a gambe aperte. Fu lì che Micheddu mi prese tutta per la prima volta. Sentii dentro un turbamento silenzioso e sulla pelle tante piccole spine che pungevano. Trùù trùù trùù trùù. Una tortora in calore sembravo. Le formiche rosse correvano veloci dai polpacci alle cosce mandando un odore acre.

«Ohi! Ohi! Ohi!».

«Male ti ho fatto, Mintò?».

«No amore meu, sono queste formiche che mordono come disperate».

Micheddu si allontanò per aggiustarsi e tornò con un mazzo di rose canine e alcuni fili di giunco. Me li sistemò tra i capelli e mi diede un bacio lungo quanto una lettorina.

«Spero che entrare in paradiso sia bello come lo è stato entrare dentro di te».

Solo così disse il mio amore. Io raccolsi le mutande e me le portai agli occhi per asciugare le lacrime. Chissà da dove aveva pescato quelle parole che ancora mi stanno scolpite dentro il petto.

Dopo una caminera polverosa che aggirava alcuni stagni circondati da giovani canne arrivammo finalmente alla pineta che separava la terra dal mare. La sabbia era un tappeto di velluto rosa che s'imbigiva nella lingua schiumosa della battigia, fina fina come zucchero a velo. Ci venne come una paralisi alle mandibole, le gambe iniziarono a tremare. Di fronte a quell'infinito, denso e spumeggiante come il mosto che fermenta, ci mancarono le parole. Tutùm tutùm: il cuore pompava nelle vene gioia e timore, peggio degli orologi di mannoi Tottoni. Le onde rispondevano mordendo l'orlo della battigia: slàsh, slàsh, slàsh. Sembrava avesse una bocca invisibile il mare, che vomitava sabbia e poi la inghiottiva di nuovo. Slàsh, slàsh, slàsh, slàsh. Micheddu ritrovò la parola e, vincendo la paura del suo primo bagno forzato, disse:

89

«Ajò! Curre! Curre, Mintò! Corri con me fino a quando non cadiamo in acqua!».

Mi strinse la mano in una morsa e ci mettemmo a correre verso il mare. Ci buttammo tra le onde così, senza neanche indossare i costumi, coi vestiti che la polvere e il sudore ci avevano incollato addosso.

«Cust'aba er maghiargia, Michè, ponete allegria!».

«E poi non b'affundasa, ar vidu comente abarro a galla?».

«Ite bellu s'imus naschios pisches!».

Tra urla di felicità e lacrime che si confondevano con la spuma degli schizzi, passai la giornata più bella della mia vita. L'acqua aveva il verderame del liquido materno, e io, come una creatura che non sa di dover nascere, mi sentivo protetta dalle braccia lecciose e forti del mio amore. Uscimmo dall'acqua solo nel pomeriggio, quando il cielo si ombrò e iniziò a tirare un vento che fece arrabbiare il mare. Mangiammo le ciliegie facendo a gara a chi sputava i semi più lontano, fissando l'orizzonte liquido che inghiottiva lentamente il sole come un'arancia schiacciata.

Meglio se lo fosse rubato il mare quel giorno a Micheddu, per non vederlo sepolto come un cane tra due file di corone di fiori di campo imbastite in fretta all'imbrunire. Meglio lo avessero trascinato alla deriva le correnti di maestrale, per non piangerlo come io l'ho pianto: senza lacrime.

Canta, mannai, canta!

Cando apo vidu su mare
mi so posta a cantare
a cantare a battorina
comente a Tanielle Chisina
cando su vinu l'achiata dilliriare
prima de sinde dormire in cuchina.

9
Me lo diceva sempre mama Narredda

Me lo diceva sempre mama Narredda:
«Lassalu perdere a cussu iscampavias, cussu isca-
vesciau!».
Da quando mi ero irrobustita avevo imparato a di-
fendermi e lei aveva appeso la cinghia al chiodo. Voleva convincermi, con le sue prediche, a lasciare Micheddu. Per non perdere la partita con la mia ostinazione minacciava spesso di togliersi la vita.
«Se ti prendi quel delinquente mi uccido, non
farmi quella, Mintò! Mira che mi avrai per sempre
sulla coscienza! Quello è nato per fare una malafi-
ne! Ma cosa sei, cieca? Non lo vedi che se la cerca da
mattina a sera? Lascialo perdere, per carità! Quel
ghettadomos ci manda in galera o nella fossa. Che
s'impicchi da solo con il suo intestino!».
Il mio Micheddu lei lo considerava unu piccioccu
perdiu, uno che aveva rotto la cavezza e correva imbizzarrito per conto suo, senza orari, senza regole e
dignità. Babbu Bagliore, sotto sotto, la pensava come lei, ma non aveva il coraggio di dirmelo, forse
perché era interessato a quell'imparentatura con i

Lisodda, soprattutto col capofamiglia, Grisone Secchintrese. Con compare Liandru, una notte che erano cotti a pera, gli scappò di dire che darmi in sposa a un balentino come quello era come infilare uno smeraldo tra i cozzoni di un asino.

«Si sta buttando via da sola, compà... Ma cosa ci posso fare io, ah? La devo legare o ammazzare?» aggiungeva sempre sconsolato.

Ci fu un tempo che provarono a convincermi a frequentare il collegio di Santu Nofre, dalle suore. Presero le cose molto alla lontana, per vedere se abboccavo come la trota in una poja. A pranzo e a cena mi lusingavano, esaltando la mia bravura a scuola e abandiciando la possibilità, con i dovuti sacrifici, di farmi continuare gli studi fuori.

«Una ragazza così brava! È un peccato che non provi a fare almeno la maestra» commentava a voce alta mia madre.

Io avevo altro per la testa. Lo studio per me non era il diploma, era leggere sui libri le vite degli altri e vivere la mia.

«Meglio morta che a Santu Nofre! Non sono nata per farmi mangiare la testa dalle suore!».

Mama Narredda masticava fave secche e malediceva la mia testardaggine.

«Quando capirai il male che ti stai facendo con le tue mani sarà troppo tardi, credi a me, tontonazza!».

Il collegio di Santu Nofre era un convento in cima a un colle che sorvegliava la valle di Loroddio, due casermoni in granito separati da una lingua di cortile chiusa da un'alta ringhiera a punte di lancia. I frati da una parte, le suore dall'altra. Di quello che succedeva di notte nella foresteria tutti ne sparlavano, aggiungendo morbosità all'indecenza. Noi, quelle stanze chiuse dalle grate e soffocate dal respiro acre delle suore e dall'alito avvinazzato dei frati, le chiamavamo semplicemente camere di correzione, perché era risaputo che se ti veniva voglia di scappare e di tornare a casa ti legavano al letto o a una sedia e ti mettevano sotto una pentola per fare i bisogni. Ti tenevano così a pane e acqua salata per giorni e, se capitava l'occasione, ti correggevano il carattere anche a bastonate o facendoti mangiare i loro avanzi, con la scusa di raddrizzare la pianta che cresce storta. Mandare qualcuno in camera di correzione, da noi, era peggio che mandarlo in galera, un modo di ucciderlo lasciandolo vivo. «Ti mando in camera di correzione!» era la minaccia più temuta dai ragazzi del circondario fino ai quindici anni. I miei genitori li facevo sventrare come otri bucati da uno spillone e, alla fine, me ne uscivo sbattendo la porta e urlando:

«Tantu a Micheddu non bi lu lasso mai! Mancari bos crepedes! De sa camera de currezione m'inde affutto, e peri de sa camera mortuaria! Andat bene?».

Glielo ripetevo anche per strada, quando ormai ero lontana e non mi sentivano più:

«A Micheddu non lo lascerò mai, neanche se crepate!».

Quando morì mia sorella Nitta ne approfittarono per saltarmi addosso come falchi pellegrini. Si comportarono tutti come se l'avessi lapidata io nella salita di Santu Paulu. Non lo dissero, ma lo pensarono, che l'avevo uccisa con i dispiaceri che davo ai genitori, con i miei modi di fare che stavano minando le fondamenta della famiglia. Uno scandalo ero per loro. Tzia Trovodda, che riusciva a sentir parlare anche le pietre, disse che mia sorella, tra un caffè e una tirata di tabacco da naso, le aveva confidato che sarebbe morta per colpa mia:

«Quella bagassedda mi butterà nella fossa! Me lo sento dentro che mi porterà male!».

Anche se con Nitta avevamo in comune solo il colore dei capelli e il modo di camminare, non mi so-

93

no mai sentita responsabile della sua morte. Chi gliele aveva scritte le lettere a Teseru il fidanzato? Colpa della mia scrittura era se poi quello era scomparso? Gliel'ho consigliato io di sparrancare le gambe a tziu Pascale Trinchera? Aveva già subìto quattro operazioni e ogni volta che l'aprivano non si sapeva mai cosa le toglievano.

«La situazione è complicata... Bisogna vederci chiaro... Ripetere le analisi... Tentare un altro intervento... In questi casi la medicina può fare poco... Siamo nelle mani di Dio!».

I medici erano sempre evasivi, come se si trovassero a inseguire dentro le sue viscere una bestia sconosciuta e furba. Asportavano un pezzo di carne malata e mia sorella riprendeva colore, si sentiva meglio per qualche tempo. Poi, lentamente, si ripeteva la stessa commedia. I piedi e il basso ventre si gonfiavano e non riusciva più a pisciare, a inghiottire o permessare. Sembrava l'avessero legata a spago in alto e in basso come un capocollo: niente entrava e niente usciva. Bella lereddia! La sua voce somigliava allo squittio lamentoso di un topo che gira intorno alla trappola.

«Oddeu, oddeu! Già mi è toccata buona la pena! Per continuare a campare così, meglio morta!».

Per dare un senso ai giorni che le restavano da vivere faceva penitenza mettendosi sotto il letto un pezzo di filo spinato. Tutti attribuivano quelle chiazze di sangue a un mestruo prolungato e abbondante. Solo mannai Gantina, che l'aveva vista molte volte mentre si dava a tziu Pascale il bottegaio, sapeva che quella nipote era un angelo con le ali nere e il cuore di selce. Mannai Gantina non la difendeva mai! La lasciava a espiare in pace le sue colpe, a corrodersi nel rimpianto di quell'amore perso in continente. Quando le domandava con sguardo perplesso: «Ma tornerà il mio sposo?», lei rispondeva seccamente: «Andate al corroncone della forca tu e lui!».

Nitta aveva preso a darsi a tziu Pascale da quando aveva smesso di ricevere notizie di Teseru, l'apprendista muratore di Nuschelò, per il quale aveva perso la tranquillità. Teseru aveva preferito la fabbrica alla palitta e alla calcina, così si diceva. Poveru maccu! Chissà di cosa era morto quel malfatato. Chissà se l'avevano seppellito con la sua fotografia a mezzobusto, quella che portava sempre dentro il taschino, truccato a lapis come un attore di cinema. O forse ha trovato una femmina più bella e meno gaddighinosa di mia sorella e si è sistemato lassù. Nitta e tziu Pascale si vedevano dietro il muro esterno del cortile della chiesa di Nostra Segnora de Sas Virgines, sotto il caprifico del fontanile che avevano adattato ad alcova. Frasche di lentischio per materasso e una sacchetta piena di paglia per cuscino. Mannai Gantina era andata una sera fuori orario a prendere l'acqua e li aveva trovati attaccati come biacchi.

«Che vergogna, deus meus! Pariana annodaos!».

Loro non l'avevano vista perché erano pancia a terra, uno sopra l'altro, e gemevano senza pause, come lo spaccapietre che batte con la mazza sui cunei.

Tziu Pascale Trinchera non era né bello né giovane, ma aveva modi di fare che invitavano alla gratitudine anche quando non regalava niente. Alle più stupide bastava un suo sguardo e quattro promesse di un viaggio chissà dove. Era un venditore di lusinghe immeritate, un consolatore di professione. Unu sant'omine, come si dice da noi delle persone che fanno vedere i ciechi, sentire i sordi, imprinzare le femmine sterili usando solo i polpastrelli delle mani. Si spalmava sui pensieri delle fanciulle malinconiche come un miele rigenerante, dando fiducia e facendo ritornare la speranza. A quelle che lo cercavano in lacrime con problemi di cuore o di letto, rispondeva quasi sempre allo stesso modo:

«Ajò, che non è mica la fine del mondo! Coraggio, che la vita continua e tu sei ancora bella che ro-

sa. Ses bella che sole! Su! Su! Vedrai che quello che
hai perso oggi lo guadagnerai mille volte domani!».
Era uno con poco studio ma sapeva inghiariare le
donne con le sue maghias.

Dopo neanche un anno che andava avanti quella
storia, a Nitta venne un brutto mal di pancia, accompagnato da nausea, capogiri e forti mal di testa.
Mia nonna tagliò corto, com'era solita fare in certe
faccende di famiglia:

«Per me è prinza manna!».

La verità vera non la seppe mai nessuno. I miei la
portarono anche da tzia Battora la maghiargia.
Quella si mise paura e disse che il ventre di mia sorella nascondeva qualcosa che aveva il cuore veloce
come una saetta e le zanne affilate di un cinghiale.

La prima volta che le aprì il ventre, dottor Cala-
maiu riempì un secchio di acini grossi e scuri che si
erano aggrappolati nelle ovaie e salivano già verso
l'alto. Aveva rovistato in lungo e in largo con le mani sporche di sangue, poi aveva ricucito a trama
grossa, perché era la seconda paziente che operava
e doveva ancora impratichirsi. L'ultima volta che
Nitta era entrata in sala operatoria, invece, avevano
aperto e chiuso senza toccare niente, perché, raccontò un assistente del professor Muzulò, «aveva la
pancia disfatta come un lavamano di gelatina. Tutto
a pezzi, non c'era una cosa a posto!».

Un infermiere di Taculè, che era entrato proprio
mentre la stavano tagliando, commentò l'intervento a manera sua:

«Ihh! Dovevate vedere bette roba! È stato come
togliere il coperchio a una pentola di vermi! Non
avevo mai visto niente del genere in vita mia! Parola
d'onore!».

Come diventa piccolo il mondo quando uno si
ammala. Più il malato si disfa fino a ridursi a una fascina d'ossa e più la gente ne parla, per ridere e allontanare da sé l'idea della morte. Nitta capiva i sor-

risi maligni dei visitatori, lo schifo che anche i parenti provavano per il suo alito puzzolente e l'afrore soffocante che mandavano le carni infradiciando le lenzuola. Per questo legò i suoi ultimi pensieri alle ombre del soffitto e all'invidia per Marianzela, una nostra cugina in primo grado. Voleva staccarsi dagli altri a modo suo, togliendo in fretta il disturbo. Di quell'invidia, della scomparsa di Teseru, di tziu Pascale, del male oscuro che aveva dentro, di questo morì Nitta. Marianzela Ghilinzone ricevette l'ultima lettera del fidanzato emigrato in Francia che la informava dell'imminente ritorno a Laranei per sposarla. Miragliu si chiamava il giovane, e lavorava in una fonderia della Mosella. Tornò a Laranei che sembrava imbalsamato, con due occhi pestati dal dolore della lontananza. Nitta era già morta e sepolta. Se avesse visto cosa restava di un uomo emigrato per cercare pane migliore di quello di grano, sarebbe morta più serena e non avrebbe invidiato nessuno.

Durante il rito delle condoglianze tziu Pascale Trinchera allungò la mano grassoccia e tremante verso mannai Gantina.

«Condoglianze!» disse.

Le sue dita larvose penzolavano in attesa di risposta. Lei girò lo sguardo verso il muro e scansò quella mano, infilando la sua nel taschino della fardetta. Prima di voltarsi però lo infilzò con uno sguardo che voleva dire:

«Passa avanti! Tira dritto, mincialone, che non meriti rispetto!».

Fu mannai a raccontarmi in seguito che la nascita di Nitta era stata accompagnata da cattivi presagi. Dopo una settimana che era venuta al mondo un pipistrello entrò in casa e l'indomani lo trovarono appeso all'incannucciata proprio sopra la creatura; e il mese seguente, in una notte d'eclisse, Nitta cadde dal brossolino nel braciere.

97

«Questa o diventa suora o acabadora!» commentò tzia Battora, che aveva preparato gli unguenti contro le ustioni.

Con Nitta il destino giocò sempre a carte scoperte, per farle capire in anticipo quale via crucis sarebbe stata la sua vita. A due anni inghiottì un perastro intero e quasi ne morì soffocata. A sei anni infilò per sbaglio il piede nella tagliola delle volpi vicino al pollaio di tzia Costantina Salippa e ne rimase sciancata. A dieci si mise al sole tutta untata con latte di fico e si gonfiò da far paura: tre mesi ci vollero per farla tornare quasi com'era. A sedici, convinta di essere stata messa incinta da un ariete che l'aveva visitata nel sonno, si abbuddò un rampino nella pancia e per poco non morì dissanguata. Poi le disgrazie finirono e iniziarono le delusioni. La sua malattia vera rimase comunque sconosciuta.

Mama e Ciscu, che è il sesto dei miei fratelli e da allora si è dato a studiare da prete in seminario, la vegliarono nelle ultime notti e l'accompagnarono nel regno delle tenebre con la musica delle loro indulgenti preghiere. Io mi avvicinai solo una volta al capezzale del suo letto, per sussurrarle all'orecchio:

«D'apo perdonau, Nitta! Non preoccuparti che ti ho perdonato!».

Lei sbarrò gli occhi e con un cenno della mano invitò i presenti a uscire.

«Siediti un poco che devo raccontarti l'ultimo sogno che ho fatto, poi forse morirò in pace».

Mi accomodai sul bordo del letto e con le dita a pettine le aggiustai i capelli scompigliati.

«Ho sognato un toro che muggiva a lamentu, e dava di testa e mi indicava di seguirlo. In groppa a lui attraversavo il mare e arrivavo in continente da Teseru. Lui abitava in un castello con cento guardie armate. Il toro le spazzò via come sacchi di segatura e sfondò il portalone di rame a cornate. Dentro c'erano tante bellissime donne che lo curavano e galline grasse che facevano uova di ogni colore in continuazione. Chi gli spulicava le unghie, chi gli sfregava sui piedi rametti di lavanda, chi gli nettava i denti e gli massaggiava la schiena con un olio profumato. Teseru non mi riconobbe subito. Il toro muggiva di rabbia. Calma, toro, calma! Allora prendevo due uova e andavo verso di lui. "Chiudi gli occhi ed entra nel mio sogno!" gli ho detto. Come ha abbassato le palpebre gli ho rotto le uova sopra la testa e ho iniziato a impiastrargli la faccia col rosso e l'albume. Il toro si portò via quella mandria di donne e noi rimanemmo soli. Quando Teseru riaprì gli occhi, singhiozzando mi sorrise per dire: "Nitta cara, sei tu il mio unico amore!". Cosa vorrà dire, Mintò? Pensi che lo incontrerò in paradiso?».

«Certo che lo incontrerai. Vi sposerà Gesù in persona, Giuseppe e Maria faranno da testimoni. Io quel mattino lancerò in cielo un mazzo di rose bianche, mi raccomando, allunga la mano per acchiapparlo!».

Dopo s'interru di mia sorella, Micheddu prese un gregge in pastore e ci mettemmo per conto nostro. Settantadue pecore, giusto per non dire che non stava facendo niente. Andammo ad abitare a Taculè, nel vicinato di Sos Naschios Istraccos, in una casetta che era stata di suo nonno Marantzu Lisodda. Nel vicinato dei «nati stanchi» intrecciammo i fili sottili del nostro primo nido d'amore. Quattro sgabelli di sughero, poche sedie impagliate, una brocca, due brande smollate e le banitte di crine, sei piatti in ferro smaltato, un servizietto di posate in rame, una cotta di pane, una vescica piena di strutto, due prosciutti, un guanciale e la provvista delle patate. Tutta roba che ci avevano dato i Lisodda insieme all'atto che ci rendeva proprietari di casa e cortile. I miei se ne rimasero lontani per qualche tempo, perché a Laranei una figlia che andava ad abitare con un uomo senza sposarsi era considerata una

cincirinella, una emina perdia. Una bagassedda, insomma, come avrebbero detto, con velenosa ironia, mastra Letizia, tzia Nunnalia la catechista e quello stronzo nero di pride Zippula.
Canta, mannai, canta!

Nitta, Nitta, malevadada
corros de beccu e de crapitta
chi sas manos tuas di ses rughinada.

10
A Taculè e Laranei le illusioni scavano solchi profondi

A Taculè e Laranei le illusioni scavano solchi profondi nella carne degli uomini consumata dal continuo latrare dei cani e indurita dal sole rovente. Solchi profondi come quelli lasciati dal vomere nella piana argillosa di Murtedu. I volti delle donne, vestite di nero per le feste e i funerali, sembrano bozzoli di granito smerigliato dal male di vivere. Al tramonto, mentre tornano a frotte dalla messa vespertina verso le loro case, parlano della guerra, di malattie, miracoli, gravidanze e mariti ubriaconi. Prima di salutarsi si scambiano il rosario lasciando nell'aria un odore forte di trinciato e naftalina. Quando inizia la primavera, a quell'ora, nel versante soliano delle colline di Pala Predosa, il torrente S'Isperu corre verso i campi chiusi da muri a secco portando con sé legno marcio, fango e chimere pietrificate. A Taculè e Laranei i cristiani vivono di rabbia e illusioni. La rabbia la ostentano in ogni occasione come un vestito da festa. Le illusioni le coltivano come i vitigni di un filare, pur sapendo in anticipo che daranno solo frutti amari, e vino rasposo che accorcia le esistenze. A Taculè e Laranei la voglia di troppo capire i misteri che devono restare tali per sempre fa abortire le illusioni, le trasforma in mostri senza braccia e senza gambe. A vent'anni tutti hanno già svuotato la bisaccia delle emozioni e, per il resto della vita, da godere rimane veramente poco. Dalle nostre parti ogni esistenza sembra uno scherzo ordito dal destino che si beffa della lardosa ricchezza dei prinzipales e della rancida miseria dei mischineddi. In quella terra dura di ferro battuto la vita è fragile come un'ala di locusta. L'ostetrica che ti aiuta a nascere è strabica e ha un ghigno da malaugurio. A Taculè e Laranei basta un nulla per sprofondare nell'aldilà, per tostarsi come una pietra. Un bicchiere di vino in piu, un'occhiata mala, uno sconfinamento di pascolo, un gregge mustrencato, una socca di cuoio, una femmina prinza, una parola di troppo, e tùnfete, il gioco è fatto. A studiarci e descriverci non basterebbe un'altra Bibbia. Ci vorrebbe un'enciclopedia per ognuno di noi, perché siamo gente strana in terra strana. I continentali non li capiscono quelli come noi, a loro sembra tutto facile, perché hanno strade e fabbriche, non mangiano orgiathu e rabbia tutti i santi giorni. I costerini sono anche peggio, abituati a lasciarsi stiddiare dal sole, a camminare scalzi sulla sabbia e a stare sempre col culo in mare. Montagnini, pastorazzi e gherradori ci considerano! Cosa ne sanno loro della solitudine della campagna, delle annate cattive, della neve, del nostro essere pastinati in quelle rocce come meridiane del tempo, a fare la guardiania al passato? Noi siamo zente che vuole istrumpare a terra il mondo e poi ci lasciamo futtire da magie e superstizioni. Dalle illusioni che scavano nella carne solchi profondi, come la guerra, appunto. E se ci va bene così? Cosa ci possiamo fare? Pianghioli e fatalisti ci chiamano. Noi siamo come i nuraghi, tutto ci scuote e niente ci muove: prendere o lasciare senza troncare troppo le gambe! Io ho imparato a capire la mia gente e la mia terra anche prima di leggerla sui libri di Grazia Deledda. Sono nata e cresciuta sulla strada, guardando i vecchi negli occhi e sfidando i ragazzi alla morra. Ohi, come mi scivuddano la testa questi pensieri mentre scrivo! Mannai Gantina, che era maestra di dolore e saggezza, quando parlavo con lei di queste cose mi diceva che stavo iniziando a capire troppo in fretta, che mi dovevo dare una calmata se non volevo invecchiare precocemente.

«Troppo stai crescendo, Mintò! Troppo! Pensa di meno che duri più a lungo!».

Lei, che aveva già capito quanto c'era da capire di questa vita e la girava sempre a cantare in poesia, mi vedeva entrare con rabbia nella tramoggia di un immenso mulino che macina sassi e scola sangue.

L'abitudine di leggere e scrivere, comunque, non l'ho mai persa, anche se mastra Letizia Pessu ha fatto di tutto per farmi odiare i libri.

«Bagassedda, tu non diventerai mai una istruita. Le bagassedde amano altro, non i libri!» mi urlava nello sgabuzzino dove c'erano le penne e i calamai di scorta.

Non ho mai detto niente a mama Narredda, altrimenti se l'avrebbe mangiata come fece con tzia Nunnalia. Ma non ne potevo più. Una mattina che lasciò l'aula per uscire a permessare, avvolsi un bel carramerda in un foglio e mi tolsi la voglia di assantiarla di paura. Glielo infilai di nascosto nella tasca della giacchetta che appendeva alla maniglia della finestra. Bigliettino e tre giorni di sospensione, ma ne valse la pena: non ho mai riso tanto in vita mia!

L'abitudine di viaggiare tra le pagine dei libri, di conoscere sulla carta altri luoghi e altra gente, di prendere in prestito le vite altrui, non l'ho mai persa, mai! Oggi quelle vite prese in prestito dai libri stanno forse salvando la mia.

I primi romanzi me li passò tziu Imbece, un mangiapreti che poi è morto senza sacramenti. Non che don Zippula glieli avesse rifiutati, era troppo misero e cacaredda per affrontare le ire dei parenti di quell'anarchico, vissuto con le lancette del suo orologio da tasca sparate molto più in là di quelle del campanile della chiesa manna. Don Zippula andò a trovarlo un mattino che le bigotte gli dissero che stava spirando.

«Non lo lasci morire senza sacramenti, poveritteddu! Dice dice, ma è uno che ha sofferto e crede in Dio più di tutti!».

Pregò in cuor suo che fosse già morto, perché di dare il viatico a quel ribelle non ne aveva proprio voglia. Tziu Imbece, per sfortuna del prete, era ancora vivo e lucido. Aveva scelto di andarsene con calma, per guardare bene in faccia la morte e sfidarla senza un lamento, senza offrirle una goccia delle sue lacrime, un istante della sua paura. Non si era mai scaccariolato neanche quando era al fronte e la trincea rischiava di diventare una tumba sotto le bombe. Brooooouuumm, broooouuumm. La terra veniva giù a palate dalle pareti e i topi scappavano impauriti. Bella minchiata sa gherra! Forse aveva ancora in testa il momento della sua nascita nella topaia del vicinato di Sos Mulinos, quando fece infuriare la maestra di parto con il suo primo vagito, sottile e prolungato come il canto di un cuculo.

«Tappati! Zitto, che nella vita avrai più tempo per piangere che per creparti dalle risate!» gli disse donna Ofelia, prendendolo ai piedi per restituirlo al petto della madre tutto assustato dalla paura di essere venuto al mondo.

Con quel primo lungo lamento tziu Imbece si era già iscritto nella lista degli scontenti di essere nati. Per questo affrontò sempre i prepotenti e le disgrazie a testa alta, e riuscì a rialzarsi anche dopo che alcuni amici del podestà e di Centini gli avevano fatto sbodiare gli intestini a forza di ozzu 'e arriggine. Lo tennero in quattro e lo spogliarono, bella balentia! «Merda chi no m'ades mortu!» disse dopo qualche giorno al cugino del podestà.

A sentirlo raccontare la sua vita, tziu Imbece era una comica. Non si capiva quando brullava da quando parlava sul serio.

Io presi a frequentarlo dopo che don Zippula aveva cercato di trovare dentro di me il demonio che non c'era. Mama Narredda, da quando iniziai a svilupparmi, in certe cose si dimostrò sempre chiara fino alla brutalità. Non appena vide spuntarmi una noce di titte e usare i panni di cotone per il mestruo, per aiutarmi a diventare femmina si limitò a darmi pochi consigli ma ripetuti ossessivamente e con voce angosciata:

«Toniè, figlia mia: attenta! Stai attenta, perché da lì tutto deve uscire ma niente deve entrare!».

Quando arrivava al «lì» puntava come un'arma l'indice verso il mio basso ventre e faceva una furriata repentina con la mano, come se dovesse chiudere a chiave un baule pieno di brillanti.

«Quello è il tuo tesoro, tienitelo caro quanto gli occhi!».

Tziu Imbece non aveva fatto la comunione, non era cresimato e neanche sposato. L'acquasanta del battesimo forzato l'aveva cancellata a colpi di bestemmie e abbondanti bevute del rosso asprigno della vigna di Fininai, sua unica proprietà, insieme alla casa. Ricordo ancora bene quello che mi disse quando avevo poco più di dieci anni e andai a trovarlo per la prima volta. Parlò a lungo dell'uomo, della guerra, di Dio. Alla fine, mentre lo salutavo davanti alla porta, sentenziò:

«Mintoniedda cara, ammèntati chi Deus es s'omine! Est isse chi achete sos miraculos e sas gherras! Miraculos pacos, gherras medas!».

Tziu Imbece era partito in guerra congiulito e ne

era tornato disperato. Al posto dell'occhio destro, donato alla patria, aveva un ovale di cuoio tirato da un elastico che gli passava dietro la nuca. Da vedere non era bello, ma non metteva paura, perché l'occhio rimasto era chiaro come una mestolata del mare di Orrì. Il podestà e la sua ghenga lo chiamavano S'Anticristu.

Eravamo vicini di casa ma non avevo mai messo piede in quello stanzone zeppo di libri e riviste tenuti in ordine e puliti come spose il giorno del matrimonio. L'odore che si respirava lì dentro era quello di chi si stira la roba con il ferro pieno di braci scadenti e ci soffia sopra spargendo polvere e scintille. Un odore di sebo bruciato, di carta che ha preso troppa umidità, di legno e vinacce. Solo a lui, quando diventammo amici, confidai il segreto di don Zippula. A quel tempo uscivo con Micheddu e a volte lo sfuttivo:

«Ma lo sai che ho un altro sposo? Ha un occhio solo ma è molto più bello di te!».

Micheddu non era geloso di tziu Imbece. Lo conosceva e lo rispettava, perché odiava come lui la forza pubblica e i preti. Dopo che gli avevano fatto la brulla di spogliarlo e purgarlo, organizzò una sassaiola contro la casa di uno degli squadristi: non gli lasciarono un vetro intero e gli buttarono nel cortile la testa mozzata di un cane nero.

Tziu Imbece si caricò sulle spalle il peso della mia confessione e se lo aggiustò col fastidio che dà una fascina di ramicci con i tiranti in fil di ferro. Per rincuorarmi, disse solo:

«Non meravigliarti, non spaventarti! Ne hanno fatte e ne faranno di peggiori! La loro fede è condita col sangue degli innocenti e degli ignoranti!».

Questo pensava degli uomini di chiesa, e forse aveva ragione, anche se una cosa sono i preti e un'altra è Dio.

Il libro che mi regalò per il quattordicesimo compleanno lo assaggiai in fretta e di nascosto sotto un salice del fiume Firchidduri. Era un'edizione di *Papà Goriot*. In copertina c'era il ritratto di un vecchio che non voleva farsi dimenticare, dipinto da Cézanne. (Allora non sapevo chi era Cézanne, ma il ritratto mi pareva bellissimo). Aveva lo sguardo triste e consumato di chi ha annegato la propria vita nel fondale verde scuro della sofferenza. Somigliava ai fondali del mare di Orrì, come l'occhio di tziu Imbece, dove il verde e il blu si accoppiano e si scoppiano con la furia e la velocità delle nuvole nell'imminenza di un temporale. Sulla prima pagina, a inchiostro e con calligrafia elegante, ci scrisse:

«A Mintonia con affetto la mia medicina contro l'egoismo e la stupidità la lettura Imbece Rasticu».

Era anarchico anche nella scrittura tziu Imbece, perché odiava la punteggiatura e la sintassi.

«Le parole devono vivere e correre in libertà, senza la tirannia delle regole!» mi ricordava levando l'indice al cielo.

Da allora, fino a quando non l'ho trovato morto nel lettino della sua solitudine, fu tutto uno scambio di storie e consigli. Lui mi aiutava a crescere e io a non invecchiare. I soldi della pensione li investiva sempre per ordinare nuovi libri dalla libreria delle sorelle Carrucciu, di Noroddile. Balzac, Zola, Tolstoj, Manzoni, Verga, De Roberto, Grazia Deledda.

«La Deledda ha capito tutto di noi sardi, per questo ha lasciato Noroddile, l'isola nell'isola, e si è fatta il segno della croce con la mano sinistra» diceva ogni tanto. «Un suo romanzo vale più di cento libri di storia! Fa capire il mondo parlando sempre dello stesso posto in mille modi diversi: quello è scrivere, Mintò!».

«Ma ha fatto bene a scapparsene dalla Barbagia?».

«Quando il posto in cui vivi diventa un nido di serpenti è difficile sopportare tanto veleno».

In paese, tziu Imbece, era l'unico convinto che il

mondo fosse dominato dal denaro e dalla guerra. L'unico ad aver capito che le urla contro la malasorte sono inutili come un paio di cusinzos sfondati. Lui, per combattere la rassegnazione e dare un senso alla vita, aveva anche accettato di fare la guerra.

«Bell'illuso che ero! Mesi di trincea, escrementi, fame nighedda, pidocchi a coscia e bombe che andavano e venivano come gurturgios affamati di carne. A raccontarla non ci crede nessuno. Da Laranei siamo partiti in cinquantasette e tornati in tre, io, Umbertino Raviosu e Manuelle Puntore. Umbertino ci ha perso una gamba; Manuelle la testa, perché si è ammacchiato. Gli altri tutti dispersi, manco le ossa hanno ritrovato. Ora sono ricordati fuori dal cimitero, come se fossero figli buidi della patria. Una spada di ferro puntata in terra, una scritta, una foto, una targhetta di smalto bianco inchiodata al tronco di un cipresso. Sa menzus zoventude si sono mangiati i signoroni della guerra! L'unico tornato sano dovrei essere io, anche se ci ho lasciato un occhio e tutti mi considerano scasciolettato. Le medaglie al valore le ho pestate con la mazza. Altro che eroe, un mincialone sono stato! L'occhio me lo ha cavato a leppa uno di Modorì, che era in cerca di prendermi la razione di liquore. Dal dolore mi era sembrato di essere diventato cieco tutto! Ma non se l'è fatta quella bevuta alla faccia mia, il modorino. Mentre ce l'avevo ancora davanti che dondolava al buio come un sacco, l'ho abbuddato da parte a parte con la baionetta. Gli è uscita nella schiena anche la punta del moschetto!».

Dal fronte tziu Imbece tornò più refrattario di prima, perché in quell'ammazzatoio di cristiani si era sentito una pedina di carne in una partita giocata da cannibali. Tziu Imbece, dunque, aveva scelto di andarsene dal mondo con calma, alla sua maniera: bevendo molto e fumando di più. Nessuno lo aveva mai visto ubriaco, ma i mille litri della vigna di

Fininai non gli bastavano. A volte era costretto a comprarlo a fiaschi dalla bettola di Quintinu Meruledda. Sigarette ne arrotolava trenta al giorno e tutte finiva di fumarle in punta di unghie. Di amori non gliene conosceva nessuno. Mia nonna soltanto mi disse che da giovane si era perso per una maestrina campidanese che non lo voleva perché lo considerava bidduncolo. Fu allora che nacque la sua passione per i libri e aumentò la sua rabbia contro il mondo.

Quando vide entrare don Zippula in casa sua, accompagnato da due chierici, per poco non gli tirò addosso il fiasco già svuotato a metà.

«A fora! A fora, corvu nigheddu!». Lo accolse con una staffilata di maleparole e qualche sputo. «Vae! Ghiradinde, miserabile! Ricordati che l'inferno, se c'è, è per gentaccia mala come te! Escimi fuori dai cozzoni! Demonio mascherato, rimitano che non sei altro!».

I chierichetti se la ridevano. Don Zippula era a faccia in terra. Se ne tornò in parrocchia stripitthando i piedi, come se avesse un cerambice sotto la zimarra che a ogni passo gli addentava la carne, per ricordargli di essere unu bundu maleittu, un miserabile mai fatto uomo. Dopo la visita di don Zippula, tziu Imbece, rimase marturiu nel letto per altri nove lunghi mesi. Non accettò mai la visita di nessun dottore. Si consumò piano piano fino a tornare secco come un quaglio. Era il trentacinque e gli mancava poco a compiere mezzo secolo. Eppure il suo viso strizzato dal dolore sembrava quello di un centenario. A volte chiudeva gli occhi e, dilliriando, parlava a ruota libera, come se stesse vedendo un film conservato nella memoria.

«Guerra e pace, guerra e pace. In attesa di terre promesse e mai date, di un progresso mai visto. Macos! Macos che cavaddos semus! Carne sarda nei deserti di Libia e Abissinia, carne sarda tra le nevi del

Carso. E pruite? Per fare bella figura? Per dimostrare che eravamo fieri? Per un pezzo di terra che non ci hanno mai dato? Razza maledetta di delinquenti nati quando non servivamo a nessuno; intrepida gente quando ci mandavano a morire come topi! Maleittos sos Savoias e sa nazione! Zaccatevele in culo le medaglie d'oro, le bandiere, le croci al merito, le citazioni sui bollettini di guerra, i riconoscimenti di Cadorna, la sublime audacia e l'eroica fierezza dei sassarini. Ma non eravamo banditi da cacciare come i cinghiali, a "cazza grussa"?».

Alla fine gli venivano le lacrime, riapriva gli occhi e mi guardava con tenerezza.

«Mintò, noi siamo attirati dalla morte come le vespe alla sapa. A entrare in campusantu ci sembra di andare a una festa per poterci ubriacare e dimenticare tutto».

La partenza di altri giovani, audaci quanto illusi, alla conquista dell'Etiopia, lo convinse che l'uomo dimentica in fretta e non impara mai.

«Guerra e pace, guerra e pace: più guerra che pace. Altra carne da macello per i Savoia e il duce, in omaggio alla legge del miliardo».

I parenti, che temevano avesse la tubercolosi, passavano a trovarlo ogni morte di papa. A pulirlo e cambiarlo andava tutte le sere Licanza Zaccapiusu. Arrivava al buio e se ne andava al primo alito di luce mattutino. Nove lunghi mesi d'agonia, durante i quali tenne sopra il comodino solo un libretto di Leone Tolstoj, con la copertina nero lutto e il titolo in una cornicetta bianca: *La morte di Ivan Il'ič.* Nove lunghi mesi. Tanti ne aveva impiegati per nascere, tanti per morire. In quel periodo non perse mai la lucidità. M'intregava un paio di libri al giorno e continuava a ripetermi:

«Quando ti avrò regalato l'ultimo libro morirò, lo sento!».

«Allora non ne prendo più, tziu Imbè! Io voglio che voi arrivate a chent'annos».

«Così, in queste condizioni? Allora non mi vuoi bene?».

«Ehià, tanto bene vi voglio!».

«Allora, Mintoniè, di questi libri fanne uso buono, trattali come creature! Più libri si leggono e meno male gira la ruota del mondo. Sai chi sono i genitori di tutti i nostri mali? Babbu egoismu e mama istupididade!».

Lo trovai morto un giorno d'inverno, dopo una nevicata che aveva sepolto il paese sotto una torta di neve cremosa come la ricotta. La gavetta, col brodo caldo e un tocco di carne di pecora, mi cadde dalle mani. Licanza Zaccapiusu era riuscita a vestirlo e a stenderlo sopra il lettino. Inginocchiata, accanto a lui, pregava e piangeva. Visto da vicino tziu Imbece sembrava vivo, col suo ghigno di sempre, beffardo e grottesco. Licanza ruotò sulle ginocchia e mi fissò.

«Anche se diceva di non credere in Dio, tu eri il suo angelo. Ognuno di noi ha un angelo che lo guida nella vita: lui era il mio».

«E cosa ha detto prima di morire? Ha parlato di me?».

«Ha detto soltanto: "Finiti sono i libri, finita è la morte, ora posso riposare"».

A modo suo, tziu Imbece, la morte l'aveva sconfitta. La vigna e la casetta dove abitava le lasciò in eredità a Licanza Zaccapiusu, senza spiegarne i motivi a nessuno. A me lasciò in dono tutti i libri, più di cinquecento. Le riviste le fece bruciare, perché secondo lui ubriacavano quanto il vino, e portavano solo sfortuna e galera.

A me mancavano pochi mesi a compiere vent'anni. L'abitudine di leggere e scrivere era diventata malattia e lavorava per accorciarmi l'esistenza, come un tumore invisibile che ti scassa la testa e porta un terremoto nei pensieri. Non volevo arrendermi alla legge di tziu Imbece, rassegnarmi all'idea che siamo una terra di barbari, di banditi abili solo di fronte alla morte. Nascere in Barbagia non vuol dire solo insaccare nel budello dell'esistenza sterco di pecora, sangue, zolle di terra sterile, medaglie di guerra. Nella mia ingenuità ero ancora convinta di poter salvare Micheddu e il nostro amore, qualunque sacrificio mi dovesse costare, qualunque fosse il prezzo da pagare. A Taculè e Laranei, però, tutto si paga in anticipo, anche il prezzo delle illusioni. Io sulla fedeltà di Micheddu ci avrei messo il culo sopra il focorone di Sant'Antonio. Giuro che non l'avrei mai creduto capace di compiere le azioni di cui lo incolpavano. Meglio morto in Africa che come me lo descrivevano.

Quando la pancia di Ruffina Taboni in Centini iniziò a gonfiarsi fino a diventare un forno, mi sentii intrappolata come una gatta selvatica che ha messo le zampe nella tagliola. Anche dentro la pancia mia stava crescendo una creatura, e quando glielo avevo detto Micheddu si era messo a brincare come un thilipirche. Non dubitavo della sua sincerità ma, se gli domandavo spiegazioni su un ritardo o su un appuntamento rinviato, portava gli occhi altrove e fissava con insistenza il vuoto, come per aiutarsi a vincere un turbamento. Allora mi prendeva una tristura grande, accompagnata da tremuledda, coliche e diarrea. Mi pareva di stare da sola dentro una gigantesca campana di bronzo, mentre fuori una folla inferocita batteva con i tacchi delle scarpe ferrate. Vite sprecate, amori sprecati, terra di sangue e di tradimenti, la mia. Terra amata e odiata, che ti accarezza col vento di maestrale e ti uccide col gelo invernale. L'idea che Micheddu avesse imprinzato un'altra mi incuriosiva e mi spaventava fino a farmi sbiancare. Tribuliata ero! Furriaiola che girava al vento. Favole? Bugie? Presentimenti? Vai e cercatela! Ero così innamorata da non distinguere il grano

112

dalla paglia. Cieca come i vedenti che non vogliono vedere.

Il giorno che capii queste cose me ne andai da sola a Punta Corriolu. Per compagnia, portai con me un romanzo di Grazia Deledda: *Il paese del vento*. In quel libro mi ero riconosciuta più che in tutti gli altri. Quando scriveva di un paese dove le donne vivono segregate in casa con l'unica missione di procreare e lavorare, tzia Grazia parlava di Laranei o Taculè. Corsi fino a rimanere senza fiato. Avevo bisogno di sfogare il mio dolore, di parlare agli uccelli, alla volpe, al fiume, ai monti, alle nuvole. Il mio urlo disperato vibrò nell'aria per molto tempo, poi si allontanò veloce tra le ali di un astore.

Canta, mannai, canta!

E s'imbidia e sa zelosia
vatini sambene e disarmonia.

11
Questo figlio del bene e del male

Questo figlio del bene e del male, della vita e della morte, se è maschio lo voglio chiamare Imbece, se è femmina si vedrà. Di sicuro non gli passerò il nome dei nonni, come si fa a Laranei per salvare una continuità di facciata che esiste solo nei registri dell'anagrafe. Dei morti si deve dimenticare tutto, anche i nomi bisognerebbe buttarli nella fossa il giorno dell'interru e smetterla con queste epidemie di Bovore, Antonio, Predu, Franziscu, Tanielle, che uno così si sente ancora più anonimo, più inutile, gli sembra di vivere il già vissuto. È una stupida convinzione quella di passare col nome anche qualche briciola di carattere del defunto. Basta gasi! A Laranei l'ereditarietà conta un frillo, le persone diventano altro da quello che si portano dentro. Diventano quello che vedono, amano, bevono, sentono, come in ogni altro maledetto cappio di mondo. Il colostro della nostra esistenza ci fa diventare pietre che arroventano al sole senza spaccarsi, spugne che assorbono la pioggia senza gonfiarsi. Se è femmina forse la chiamerò Imbeza, che è di buon augurio, perché vuol dire «invecchia» e la vecchiaia è figlia del tempo passato e di quello che verrà. Predu e Costanzu, i miei fratelli malfatati, non hanno avuto la fortuna d'invecchiare, sempre che invecchiare dalle mie parti qualcuno lo consideri ancora un regalo della provvidenza.

Predu aveva diciannove anni e Costanzu dieci mesi in meno. Babbu Bagliore a mia madre non le dava neanche il tempo di svezzarne uno che già la riempiva con l'altro, come fosse una botte da tenere sempre piena per le sue ubriacature. A letto mama Narredda non sapeva dirgli:

«Torra crasa, Bagliò, e lasciami riposare, che non ho nemmeno la forza di sparrancare le gambe!».

Se lo attaccava alle cosce come un'ambesuca e, per questo, ne aveva sempre uno al seno e uno in mano, di marmocchi. Le titte ormai le penzolavano come resti di pasta fermentata e i capezzoli erano diventati due ghiande nere e dure. A mio padre è sempre piaciuto di più truvare che lavorare. Chissà se era vero che tutti quelli ai quali elemosinava qualche zorronada di lavoro gli rispondevano: «Torra crasa», torna domani, ripassa. Forse era un modo come un altro per toglierselo di torno, visto il carattere che aveva.

Predu e Costanzu erano più che fratelli, uniti dalla miseria e dalla voglia di riscattare con i sacrifici il nome di un padre tutto bettola e braghetta. A volte pensavo con terrore che avessero scelto loro di andare insieme incontro alla morte. Il letto del fiume di Sas Abbas Ranchidas era popolato da cani famelici che azzannavano per tirarti a fondo, e loro lo sapevano. Forse erano troppo stanchi e avevano tirato qualche sorso di abbardente in più per vincere la calura. La piena arrivò dopo un temporale improvviso e se li portò via insieme al carro, ai buoi e al carico del grano. Era il quattro di luglio di un anno già iniziato con il nero del lutto. Dopo l'epifania ci morirono venti capre, quattro scrofe e il verro. Non erano un patrimonio, ma ci garantivano il latte, i maialetti e qualche spiedata di lardo e sartizza. In poche ore si gonfiarono come fossero gravide, poi scoppiarono nei recinti del cortile spandendo nell'aria un pudiore di cancrena e fiorrancio agreste. Vennero quelli dell'ufficio d'igiene da Noroddile che pomparono disinfettante, imbiancarono le porte e i vetri con una schiuma che sembrava bava di pecora malata.

«Annada mala!» sentenziò nonna Gantina. Aveva il fondato timore che la maleitta signora con la falce ce l'avesse con noi e che sarebbe passata in fretta dalle bestie ai cristiani.

Predu e Costanzu accettarono con entusiasmo l'incarico di trasportare il grano dei contadini dalla stule all'ammasso del monte granatico. Erano forti i miei fratelli. Non avrebbero mai ammazzato quello che ha inventato il lavoro, perché resistevano alla fatica come muli alla sella.

«Piccana su mundu a truva! Paren duos lurzis!» così esclamava babbu Bagliore, che era orgoglioso fino alle lacrime di quei due figli tanto forti da potersi caricare una sacchetta di grano in spalla senza lasciarsi scappare una scorreggia.

Il mondo in spalla si caricavano i miei fratelli. Di sicuro non avevano preso dal padre, che solo all'idea di lavorare sudava e si stancava! Facevano cinque viaggi al giorno e due di notte, alla frescura, col carro che sembrava spezzarsi tra i sassi affilati delle discese di Pala Predosa, Carchinazzos, Tzozziles. Quando i buoi si lamentavano, schiumando e muggendo per la stanchezza, Costanzu sollevava il voette di cuoio e giù frustate che ferivano i fianchi sollevando nuvole di musca cavaddina. «Trùù su vò! Trù su vò!». Le bestie ubbidivano a malagana e puntavano i ferri consumati verso le piane di Su Ciarumannu e Murtedu. Durante i viaggi notturni li accompagnava discreta la luce della luna, che aureolava i contorni delle colline di un blu vellutato. Le stelle sembravano scintille trichettanti in un paesaggio di ombre monche e culi di granito. Con l'aiuto della lente del tempo andato adesso rivedo la scena dell'ultimo viaggio come se ci fossi stata anch'io, con loro, stesa a pancia all'aria sui sacchi, cullata dal tremolio dondolante delle assi, a guardare quella boccia di formaggio sospesa nel cielo che per una notte si cerchiò di rosso e portò acqua, sangue, morte.

Le prime gocce vennero giù versandosi sulla strada polverosa come piscio di bue. Predu e Costanzu ebbero appena il tempo di strizzare forte gli occhi e truvare le bestie con un urlo feroce:

«Trùùùùù! Ajò, voe porporì, ca si nò di seco sas costas!».

La notte si era aggiunta alla notte e lo scoppio dei tuoni spaccava i timpani. Una nuvola scura, aperta nel ventre come una grande vescica, iniziò a sparare nel cielo pioggia a mitraglia: tatà, tà, tatà, tatà, ratatatà. Raffiche dolorose che coprivano le parole disperate di Predu:

«Curre! Curre! Curre a bidda ca istanotte Deus l'ata chin nois!».

Dio ce l'aveva veramente con loro. Quello non era un correre, era un andare lentamente verso il nemico invisibile che già si gonfiava di ceppi e motriglia. Si urlavano in faccia ma non si sentivano più. Si passavano a gesti e sguardi la disperazione, come bambini inseguiti da cani rabbiosi che vogliono condividere la paura. L'acqua si portava via il sudore e quant'altro restava di loro, abituati a pulirsi il sedere con una pietra e sgocciolarsi il davanti sul palmo della mano. Le fronde degli alberi brandivano scudisciate sul viso: schlàff, schlàff. Costanzu si avvicinò a Predu per rincuorarlo:

«Coraggiu, ch'este una nue ventulera!».

Ma non ci credeva neanche lui che quella fosse una nube passeggera. Quello era un acconto di fine del mondo, un diluvio barbaricino che si sarebbe portato via le case come piccole zattere di pietra. Erano i primi di trivulas, giugno se n'era andato da poco e loro tremavano dal freddo, con quegli stracci addosso che una volta erano stati di mio padre e, prima ancora, di mio nonno. I cosinzos spruzzavano acqua dalle tomaie e i sacchi del grano si erano gonfiati come se volessero germogliare di nuovo e subito.

«Cazzu santu adorau!».

Quella era la bestemmia di famiglia nelle situazioni senza via d'uscita, quando non si sapeva cosa fare o si capiva che fare era inutile. «Cazzo santo adorato!».

I brividi consumavano i denti cancellando dai loro volti ogni espressione: sembravano quelli che alla festa di Santu Tanielle cadevano spalle a terra alle prime bracciate dall'albero ingrassato della cuccagna. I buoi andavano per conto loro e non ubbidivano più a nessuno. Inseguivano a testa bassa una striscia di terra che li avrebbe buttati nella piena del fiume. Quel fiume ingordo che li aspettava per un sacrificio che Dio aveva voluto e tzia Battora non poteva evitare. Erano già in croce e sentivano i chiodi di bronzo trapassargli le ossa con rumore di fulmine, con odore di polpa bruciata dall'usciadina. Si avvinghiarono in un ultimo abbraccio: la morte non li avrebbe separati neanche a serrache.

«S'ifferru juntu es' custu!».

Deliravano. L'acqua che saliva come una furia crepando gli argini era un miraggio luminoso collocato tra la terra e il cielo.

«Oddeu, chi semus morinde! Oddeu, oddeu, o Deus meus!».

Dio era altrove, assorto, distratto dal viavai di cristiani che morivano implorando la sua presenza. A bastare si diat peri custu Deus, che non può mica fare in tempo ad ascoltare le invocazioni di tutti i suoi figli. Il letto del fiume era una bara che aveva per coperchio le tenebre. Il carro, galleggiando, prima virò la punta della furchidda verso la discesa, poi prese a mulinare impazzito. Le sacchette si aprirono e il grano si sparpagliò galleggiando in superficie come un'enorme coperta votiva. Da noi il grano è di buon augurio e si lancia a manciate sugli sposi il giorno del matrimonio, prima di spaccare i piatti di ceramica sull'impietrato. Ogni chicco di grano che si ferma nei capelli della sposa è un figlio maschio. A mama Narredda di grano dovevano averne lanciato tanto il giorno delle sue nozze, visto che ha figliato sempre come una coniglia. Tantos augurios e bona vortuna! Altro che fortuna! Pthù! Al primo scoglio il carro li sputò come semi di nespola dalle sue doghe e così andarono alla deriva fino alla piscina di Sos Graminzones. Sbattuti tra i massi arrivarono alla muretta costruita da Arpalicu Cannita per proteggere l'orto del suo tancato.

Il giorno che li ho visti nell'obitorio del cimitero erano gonfi e irriconoscibili, ancora uniti, con le unghie arpionate nella carne di due schiene che parevano sbeccuzzate dalle cornacchie. Avevano gli occhi sbarrati di chi ha maledetto la vita e scoperto che la morte non ha volto né occhi per piangere o ridere, acchiappa e va come una violenta libecciata. Avevano gli occhi stralunati di chi ha avuto il tempo di capire che andarsene è un lungo gioco a nascondino senza ritorno: la dolorosa sorpresa di precipitare dal sonno del nulla verso un luogo oscuro dove forse non c'è né pace né riposo. Non è vero che si muore tutti allo stesso modo, cazzadas sunu! Sprofondare nel buio eterno non è come svuotare la vescica quando si è ubriachi o masticare torrone alla festa del patrono. Fa male, perché tutto traballa e non si trova un chiodo a cui aggrapparsi. I miei fratelli, anche se avevano la fede ed erano cristiani immacolati, come facevano a immaginarsi il paradiso in mezzo a tutto quel fango impastato di sangue, radici, pietrame, carcasse di bestie che navigavano a pancia in su veloci come le barchette di sughero dei bambini?

A Predu e Costanzu li abbiamo seppelliti in due dentro un solo baule, uno sopra l'altro, proprio come li aveva colti di sorpresa l'alito amaro e precoce della malamorte. Da allora ho sempre avuto paura delle acque profonde, e quando andavo al fiume o al mare col mio Micheddu non mi separavo mai da lui, gli davo sempre la mano.

«Amore mio, non lasciarmi che se no sprofondo!».

Se guardavo il fondo mi sembrava di sentire la voce di Predu e Costanzu che mi chiamavano. Se infilavo la testa sott'acqua e aprivo gli occhi li vedevo nudi, col collo branchiato, che davano colpi di reni e indossavano ancora i cusinzos di cuoio crudo. Nella mia fantasia di bambina, Predu e Costanzu diventarono due pesci colomba con ali d'angelo che nuotavano nel fiume e mangiavano solo chicchi di grano. L'impronta del loro veloce passaggio su questa terra è stata rinchiusa in una foto smaltata e in un epitaffio che ha voluto per loro mannai Gantina:

«Dal dolore della vita a quello della morte con la velocità di una stella cadente».

Per loro la vita era stata solo sudore e fatica. Avevano iniziato a lavorare da piccoli e non possedevano neanche il carro. Erano a malapena riusciti a comprarsi i buoi e a mantenerli col fieno che imballavano nel demaniale. Il carro lo avevano affittato da Bore Sula. I soldi per un funerale buono ce li prestò tzia Turricca. Ogni tanto pensavo alle mie disgrazie con tristezza profonda e non trovavo la forza di convincermi che quelli erano segni del Padreterno.

«Dio manda le disgrazie per mettere alla prova la nostra fede in lui e abituarci a godere anche della semplice assenza del dolore» questa era la filosofia di tziu Peppe Camisone il bettolaio, che cantava la domenica nel coro della chiesa e, per il resto della settimana, beveva a canna dalla botte e truvava a turno le catechiste del Rosario.

Io ancora bestemmio contro Dio e i santi. Tutti a me devono capitare i mali del mondo? E cosa sono diventata, una calamita acchiappadisgrazie? Ho poco più di vent'anni e già mi sono sentita mille volte addosso l'alito della morte, che sa di stomaco di bestia malpulito, di merda di gatto nascosta nella sabbia.

A chi assomiglierà questa creatura che porto dentro? A Predu e a Costanzu? Perché ogni volta che tornano a galla questi ricordi tribolanti tira calci e pugni? Chissà se vuole davvero venire al mondo, questo frutto amaro di sangue bollente e sperma maledetto. Chissà cosa si diranno da grandi tra fratelli. Si ameranno? Si odieranno? E se scopriranno qualcosa della loro vera storia? Cosa succederà? Oddeu che razza di pensamenti faccio! Spero di non aver concepito un Caino e un Abele, perché sono figli di due padri, un Abele e un Caino. Uno che non ha mai nascosto quel poco che ha rubato, l'altro che ha nascosto la sua malvagità dentro una divisa. Potessi diventare un insetto vorrei essere una Maria vola vola, una coccinella. Mi piace ancora farle camminare sul palmo della mano e vederle volare quando arrivano in punta di dita.

Canta, mannai, canta!

Maria vola vola
pica su libru e vae a iscola
pica sas launeddas e impare a sonare
si cheres a d'ispassiare.

12
Una volta, quando ero piccola, aiutai un merlo di monte a volare

Una volta, quando ero piccola, aiutai un merlo di monte a volare. Era caduto dal nido nel nostro cortile e si lamentava pigolando nella legnaia. La madre volava basso disegnando in cielo cerchi propiziatori e rispondendo a intermittenza ai suoi richiami. Il pulcino ostinato si arrese solo dopo una notte di solitudine e all'alba uscì fuori per posarsi sul bordo di una sfoglia di lamiera chiazzata dalla ruggine. La madre provò molte volte a sollevarlo per portarselo via, ma non ci riuscì. Per la vergogna si nascose in mezzo alle fronde del nespolo, rassegnata a lasciarlo tra le grinfie di uno dei nostri gatti. In preda allo spavento l'uccellino si mise a correre intorno alla tinozza della lisciva, muovendo goffamente le ali. Tliùnf tliùnf tliùnf. Pur temendo di essere beccuzzata lo rincorsi gridando:

«Firmu! Fermo, che non ti voglio uchidere!».

Si nascose in una crepa del muro a secco lasciando fuori solo le piume della coda. Infilai dentro la mano tremante. Non si lasciò prendere subito, era abituato ad altre carezze, ad altre voci. Lo tirai fuori e, tenendogli la testa sollevata con l'indice, salii sul terrazzo per liberarlo. Era caldo e mi guardava roteando i piccoli occhi lucenti come chicchi di vetro scuro. Lo posai lentamente sul bordo delle tegole ma lui non si mosse, sembrava paralizzato dal timore di affrontare di nuovo l'aria da solo. All'improvviso, con un volo adirato e fischiando di rabbia, arrivò la madre e lo spinse nel vuoto verso la strada, come a dire:

«Impara adesso o mai più! Tu non sei una gallina da pollaio, sei un merlo, un merlo di monte e devi imparare a volare o morire».

Il piccolo merlo aprì subito le ali con eleganza e andò a planare dolcemente tra i rami di un mandorlo. Il cielo si sporcò in fretta rovesciando sulle strade una colata di pioggia che profumò l'aria di erba fragolina.

Mentre scrivo seduta al tavolo del refettorio di questa casa di accoglienza che sa di cavoli lessi e di varechina sento ancora quell'odore, cerco tra le mani il caldo di quel pulcino. Le mie creature impareranno a volare o finiranno tra gli artigli di qualche avvoltoio, come è successo a Micheddu? Da quanti pericoli dovrò difenderle a leppate? Merlo di monte che non sa volare sono io. Merlo che ha mangiato troppo dolore ed è diventato pesante come l'ossidiana. Ora che la disperazione si mischia al sangue e fa pulsare forte le tempie, faccio calcoli amari e mi convinco che forse è meglio salire sul tetto e buttarmi nel vuoto. Così questi due innocenti neanche se ne accorgono, non connoschene mancu morte, zumpete e a terra.

A chi somiglierà questa creatura nuova quando sarà grande? Prenderà da me o dal padre? Agurtire da tzia Battora sarebbe stata forse la soluzione migliore per tutti. Mi sarebbe restata solo una bocca da sfamare e nessuno avrebbe mai scoperto chi è il vero padre di questo figlio che porto nel ventre. Ma non è nel mio carattere, nel nostro sangue. Mia madre non ha mai abortito neanche quando avrebbe dovuto farlo e, se lo avesse fatto proprio con me, nonostante tutto non avrei gradito. Nascere è pur sempre un miracolo, anche se vivere è altra cosa. Con i soldi delle vigne di Basarulè e Tumui, e l'affitto degli orti di Sos Ispilios riuscirò a dare un pezzo di futuro decente a entrambi. Zosimminu penserà a vendere e ad affittare, gli ho fatto la delega per trattare tutto a nome mio, ho fiducia in lui. E poi non sono manco mani muzza, lavorerò: non parto certo all'estero per fare la bagassa. Spero tanto che i parenti di Zosimminu gli somiglino, che abbiano un cuore grande come il suo. Ora non ricordo i loro cognomi e il posto preciso dove stanno. So che devo partire in Argentina, all'altro capo del mondo. Fosse stato possibile sarei andata anche sulla luna. Adesso possiedo pure la tanchitta di Maluvò, che mio suocero me l'ha intestata dopo che ho difeso il mio onore e quello della sua famiglia.

«Fanne quello che vuoi!» ha detto.

Quel terreno si vale una Spagna, perché l'erba cresce spontanea due volte all'anno e si possono controllare le pecore dalla collina senza muovere un passo. La parte soliana da fare a vigna darà un vino forte come Micheddu. La tanca di Maluvò, in un documento scritto, l'ho intestata a Itriedda Murisca, mia nipote da parte di Pascale. Le do anche la casa nuova del vicinato di S'Atturradore Mannu. La casa del vicinato di Sos Naschios Istraccos voglio che rimanga chiusa per sempre in ricordo del nostro amore, fino a quando non verrà giù da sola l'ultima pietra. L'amore è anche onore. D'altronde lo aveva detto Secchintrese il giorno che baciò il cuore spento di Micheddu come se battesse ancora:

«Questa la pagheranno con un fiume di sangue!

L'amore è onore e le offese non si lavano con la lisciva!».

Adesso chi doveva pagare ha pagato, anche se mi ha lasciato dentro un seme maledetto: il seme dell'odio misculiato al godimento. Il corpo di quell'animale non lo troveranno mai. Le sue ceneri mischiate alla calcina liquida andranno a intonacare qualche muro.

«Diamolo in pasto ai maiali!» propose Istellazzu al primo incontro stabilito per sbrigare la faccenda.

«Porcu manicat porcu!» così dice un nostro proverbio barbaricino.

Babbu Grisone si oppose:

«Di quella carogna infame non deve restare traccia! Lo inforniamo insieme alle pietre per fare la calcina».

Secchintrese aveva ragione, quella di Centini era carne pudia, carne che avrebbe schifato anche i maiali.

In nessun posto al mondo comunque dimenticherò il suo sguardo, con le pupille impazzite che parevano schizzare fuori dalle orbite. Tzùn, tzùn, tzùn tzùn... Duas, tres, battoro, chimbe e sese. Tzacca pius, tzacca, Mintonia. Cosa si credevano, quei barrosi prepotenti, che gliela lasciavamo passare come uno schiaffo? Non ci avevano mica rotto un dente! Ci avevano tolto a malamanera un marito, un figlio, un padre, un fratello. Da noi gli occhi del povero valgono quanto quelli del ricco e nessuno glieli deve strappare. La vendetta del cane addormentato, che sembra mansueto e inoffensivo, arriva quando meno te l'aspetti. Ohi, che tormento! Non riesco a dormire e mi domando: se neanche la morte fosse la fine, l'eterno riposo? Che senso avrebbe tutto quello che facciamo per allungare la vita o accorciarla? Predu e Costanzu staranno sgobbando anche lassù? E Micheddu, che farà? E tziu Imbece, riposerà davvero? Ohi ohi, che marionette che siamo! Se penso al viaggio che dovrò affrontare mi sento un merlo di monte che non sa volare.

Canta, mannai, canta!

Thilicherta, thilicherta
babbu tuo est in cherta
mama tua est morinde
thilicherta vaedinde.

13
Daliu compie gli anni a metà agosto

Daliu compie gli anni a metà agosto, quando negli orti e nelle vigne i fiori esplodono in una tela di colori che sembrano spinzellati da un pittore ubriaco. L'ho chiamato così perché mi piacciono le dalie e le farfalle. E poi, giuro sulla lingua, credevo che fosse femmina. Avevo la pancia a punta d'uovo e una dilatazione di pochi centimetri.

«Questa è bimba che ha fretta di uscire per vedere il mondo!» la maestra di parto me lo diceva sempre, aggiungendo: «Stai attenta a non fare sforzi, che se no questa creatura la perdi per strada come un uovo di gallina».

Mia suocera voleva chiamarla Lachina o Gantedda, io Dalia o Vanessa. Ma che fosse eminedda tutti ne erano certi. Da noi s'indovina il sesso del nascituro dalla forma della pancia, dall'inizio e dalla durata delle nausee, dalla luna, dal giorno e dal momento in cui si è gustato l'amore. Per concepire il maschio si sceglie il mattino, quando gli umori sono tutti a galla e i gerini riposati e pronti per la corsa. Per le femmine va meglio la sera, dopo una mangiata di cardo pisciaiuolo, uova e miele. Le uova per le rotondità, il cardo e il miele per il carattere. Vorzis sunu tottu maghias, conticheddos de pacu cosa! Forse. L'importante è crederci, e non dirlo a voce alta che sono pazziate per gentina facile all'incanto. Quando è arrivato Daliu, bianco come il marmo di Gonareddu e unu trasteddu da angelo barbaricino, mi sono convinta che molte nostre credenze sono roba da muntonargiu, che ci inventiamo per crederci diversi mentre diversi non siamo.

A Daliu lo abbiamo concepito a Predas Biancas, in un ovile che metteva a disposizione Nascu Barreli, un amico comune. Micheddu era tre mesi giusti che banditava. Di cardo, per strada, ne avevo man giato da scoppiare e le uova le avevo gustate sode a cena, dopo tre mestolate di miele corbezzolino. Io volevo una femmina, perché la mia è una terra aspra che ha bisogno di tenerezza e sacrifici, e i maschi lì sembrano tutti partoriti dalla bocca del forno per la calcina di Marragoloi. Sono rudi e impulsivi al punto di farsi male con la lingua, le mani, gli occhi. Si ubriacano fino a dimenticare il proprio nome; si ammazzano per spartirsi un fazzoletto di terra, una sottana, una vacca, un cavallo.

Quella notte d'amore a Predas Biancas ce l'ho ancora scolpita negli occhi. Era metà novembre e il vento sibilava tra i massi della discarica poco distante. Micheddu si era dato alla banditanza la sera dell'Assunta, poco prima che arrivassero gli sbirri con il mandato di perquisizione esibito in una mano e quello di cattura nascosto nelle tasche. Tutto quel viavai di milizia venuta da Noroddile non era debadas, se l'avevano mandata era per qualcosa di serio, per impresonare qualcuno e buttare via la chiave. Roba da ergastolo, insomma. Che Micheddu non c'entrasse niente con la rapina all'esattoria e al postale, né con la morte del podestà lo sapevano anche i muli del frantoio di tziu Tracheodde. Ma quelli della milizia volontaria per la sicurezza nazionale avevano bisogno di qualcuno da punire, per dare l'esempio e non lasciarla in passata. In piazza de su masellu avevano finito di estrarre i numeri della lotteria e i tenores di Modorì avevano iniziato a cantare. Dopo la mezzanotte attaccarono le morre. Io e comare Tomasina Mesubagna non ci reggevamo più in piedi dalla stanchezza.

«Ajò a ghirare, Michè, chi es tardu mannu! Andamus, chi so morta 'e sonnu!».

Micheddu non mi sentiva. Giocava alla morra in coppia con Remundu, contro Nascu e Putzoneddu, quando, tra un «battorò» e unu «mudu siasa», arrivò Chiricu e, senza dire niente, lo tirò in un angolo buio, vicino alla fontanella.

«Vardadi! Vardadi! Mantieniti nascosto per un po' di tempo perché all'alba vogliono venire a prelevarti. La scusa è di perquisirti la casa in cerca di armi ed esplosivo, ma amici di Noroddile mi hanno detto che vogliono caricarti sulla schiena la pelle del podestà!».

Micheddu appena mi salutò.

«Cosa 'e omines, non ti preoccupes!» mi disse all'orecchio.

Scappò con quello che aveva addosso. La sua uscita a banditare è durata fino alla morte.

Quella che all'alba venne a casa nostra era giustizia mandata, che sapeva cosa cercare e dove cercare. Quando capirono che la preda era scappata misero a soqquadro la casa, rompendo quello che si poteva rompere e pisciando dentro i mobili. Dei regali del matrimonio mi sono rimasti soltanto la saffatera d'argento, una pentola di alluminio, il collié e parte della biancheria. Per sfregio mi hanno bruciato in cortile tutti i libri che mi aveva regalato tziu Imbece prima di morire, anche quello con la dedica per il quattordicesimo compleanno, che ce l'avevo caro quanto un fratello! Pthù! Dio le ripaghi bru-

ciandole all'inferno quelle carogne che hanno sba-
vato in cucina e annusato per le scale in cerca del-
l'uomo da addentare, da scarnire. Izzos de una bona mama sola e de chentu babbos! Gentina che a in-
contrarlo da solo, a Micheddu, si sarebbe sfatta in
diarrea al primo sguardo. Culi cacaos!

Il mandato di cattura era scritto con inchiostro nero e, anche se non c'era la firma di Centini, si capiva
che la zampa sporca era la sua. Lui era il Caino che
voleva togliersi dai piedi due nemici in un colpo solo.
Vivo o morto, diceva il mandato. Altro che ricerca di
armi ed esplosivi! Sono arrivati in casa con i moschetti scarrellati e il colpo in canna; le pistole puntate ad
altezza d'uomo, pronte di sicuro a sparare anche se si
fosse arreso. Così erano quelle belve, disposte a giura-
re che avevano ucciso per legittima difesa.

Maledetta sia l'ora in cui quella bagassa di Ruffina ha messo piede nella terra nostra. Dal giorno del
suo arrivo in paese l'urlo del barbagianni ha fatto
tremare la notte; la luce calda dei suoi occhi è entrata nelle case interrompendo il sonno degli uomini
onesti. Maleitta siata galu oje! Se non era per lei tutte queste cose a Laranei e Taculè non sarebbero suc-
cesse. Femmina pilisera, più dannosa della polvere
da mina!

Si era illeverata un mese prima di me, e da allora
quel bambino che sembrava una statua di gesso del
presepio lo portava in giro con una carrozzella bianca e blu a far vedere a porci e corvi il suo tesoro.
Non che Benito, così lo avevano chiamato in onore
del duce, fosse brutto. Anzi! Aveva i capelli corvini
boccolati da madre natura e gli occhi azzurri incor-
niciati da sopracciglia folte e congiunte, alla barbaricina. Le malelingue dicevano che era burdo e stavano già lavorando per trovargli un padre.

Tzia Santina Mucadore la sarta ci arrivò per prima e senza dubbi:

«Per me è pinto e linto a Micheddu. Quello è figlio suo!».

Lo disse in sartoria di fronte a Nicolosa Piantargia, la moglie del banditore ambulante. Era come averlo detto a tutto il paese.

Il figlio nostro lo abbiamo concepito a Predas Biancas, nel regno del perastro e del lentischio. Il mio pianto, quella sera, se lo portò via il vento, insieme ai gemiti, all'odore aspro della terra luzzanosa, al bianco ventrame della roccia di talco che spruzzava in cielo la sua luce.

A Micheddu avevo paura a dirglielo, che non ne potevo più di andare in giro per ovili come un'abigeataria, in cerca dell'amore che mi era dovuto nel nostro letto. Amore sempre fatto in fretta, sulle pelli, sulle stuoie, per terra, con la paura di finire in un'imboscata e trasformare in una mattanza i nostri incontri. Molte volte bastava lo squittire di un topo, il canto di un cuculo, lo strisciare di una colovra a farci scattare nudi in piedi. Allora le labbra del ventre mi si chiudevano e non c'era più niente da fare. Finivo il dovere per contentare Micheddu e me ne tornavo a casa gocciolando timore e insoddisfazione.

Io paura per me non ne avevo, che di sicuro mi avrebbero risparmiata, come affronto e per lasciarmelo raccontare agli altri. Ma ero arrivata al punto che se un'ombra mi tagliava la strada mi ritraevo come un tristighine, m'irrigidivo come un ramo d'oleastro stagionato.

Quella fresca notte di novembre, a Predas Biancas, sentivo che mi era entrata tra le gambe una pietra preziosa. Non era il solito curre curre. La solitudine mi aveva abituata a palpare il nulla prima che diventi qualcosa, a dare un nome anche ai sogni, alle sensazioni. Dalia o Vanessa, il nome lo decisi proprio lì, mentre fissavo nel soffitto di frasche una sfinge di convolvolo mimetizzata tra le foglie secche. Quando il vento si fermò all'improvviso come bestia informe strattonata da funi invisibili, uscimmo nel recinto per sederci sopra un lastrone affiancato al muro, vicino al grande cancello di legno. Dopo l'amore ci sentivamo ogni volta dei sopravvissuti a una guerra dichiarata dal mondo contro di noi. Dalle terre più basse di Sa Vadde de S'Ifferru e di Ispaduleddas saliva fino a noi un'aria tagliente e che sapeva dell'amarognolo che hanno i fiori di dalia appena recisi. La vita e la morte sono come il convolvolo che sta là dentro, pensavo, mimetizzate e pronte a dare o prendere senza fare domande inutili. Il cuore del bandito s'induriva e quello della moglie si spaccava senza stillare una goccia. Cosa stavamo diventando? Dov'erano finiti i nostri sogni? A ogni incontro parlavamo sempre meno. L'amore era sempre lo stesso, ma sembravamo due bambini con la vescica gonfia che nella fretta e nella furia si bagnano i pantaloni. Ogni volta lui mi guardava alzando una spanna di muro negli occhi come a nascondere qualcosa, una crepa per segreti inconfessabili si apriva oltre il suo sguardo. Del bambino di Ruffina lo aveva saputo da Grussotto, che quando capitava gli portava le provviste nella grotta di Sas Enas o in qualche cuvile del circondario.

«Jà i tempus!» gli disse Grussotto. «Ata accattau carchi minci tostu chi si l'ata truvada in grascia e Deus! Biadu isse!» e si fece una grande risata invidiosa, Grussotto, pensando al minciduro che si era fottuto in grazia di Dio la moglie di quel vischidone di Centini.

Micheddu rise sicuramente di meno e diede una sgrullata di spalle, come a togliersi una pioggia fastidiosa di dosso. Grussotto sapeva benissimo che il beato fottitore non aveva le ali ma gli stava di fronte in carne e ossa. Ancora oggi in me questo ricordo aggiunge vergogna al dolore.

Prima dell'alba spuntò una luna sonnolenta che andò a dormire oltre le punte di Pedes de Astore con passo claudicante. Lampi di sole artigliavano già il buio aprendo squarci di luce sulle cave di Ispaduleddas. Al momento di separarci Micheddu pronunciò come al solito qualche frase di circostanza: «Attenta al tale! Salutami tizio e caio! L'imbasciada te la mando con coso! Non timas! Non aver paura, che questa cosa s'avrà da chiarire e la smetterò di banditare!».

I baci di Micheddu durante la banditanza sapevano di puleggia diluita nel zurrette. In varie tappe, cambiando asini e cavalli, arrivai sino ai cipressi di Chirilai. Per sicurezza lasciavo ogni volta il paese da una parte e tornavo dall'altra. Quel mattino il viale dei cipressi era un luminoso tappeto di rugiada, mi tolsi le scarpe e sentii la voce dei morti sotto i piedi scalzi. Erano voci strozzate dalla sabbia granosa e giallastra della cudina, che si lamentavano per quell'attesa infinita del ritorno. Erano le illusioni perdute che volevano tornare illusioni nella memoria dei vivi. Più in basso, i girasoli di tziu Barabumbella si preparavano per la loro danza quotidiana. Sembravano cristiani lenti che al posto della testa avevano un orologio di petali dorati. Tziu Barabumbella in paese lo consideravano un pazzo perché si era messo a coltivare qualcosa che non si poteva mangiare. Lui invece, tornato dalla guerra, si era innamorato di quei fiori maestosi, di quei margheritoni che avevano fatto da ultima croce a molti suoi compagni caduti. I semi li lasciava agli uccelli e poi passava il resto della giornata seduto sotto il pergolato a inseguire con lo sguardo quei pani rotondi che segnavano il ritmo inesorabile del tempo.

Canta, mannai, canta!

Barabumbella barabumbare
si ses sanu d'achene ammacchiare
si ses maccu di ponene in s'altare.

133

14
Il podestà lo ammazzarono di pomeriggio

Il podestà lo ammazzarono di pomeriggio. Come tutti i giorni festivi era andato a pescare le sue trote nere pinturinate di rosso nelle piscine del fiume Murruzzone. A pranzo si buffò una borraccia di nerone e, per scalorare, si tolse gli stivali e la camicia. Si appisolò con i piedi in acqua, solleticato dai flutti lenti e profumati di mentuccia. Non fece neanche in tempo a dire un ba. Passò dal sonno alla morte senza un lamento. Non se la meritava proprio una morte così bella! Io lo avrei sperrato in due, come hanno fatto col mio Micheddu, e avrei dato il suo cuore in pasto alle cornacchie. Una gallinella d'acqua che ombreggiava da quelle parti lasciò il canneto frullando le ali e salmodiando un canto isterico. Thrììì thrììì thrììì. Un lampo lacerò l'aria e subito dopo si udì: paaahm! Un colpo solo, alla fronte, che rieccheggiò nel canale e si arrampicò tra i dirupi della valle di Icunighedda rimbombando fino alla chiesetta di Santu Girone. Era giornata di caccia alla tortora e nessuno pensò in male.

Chi lo aveva spedichinato il podestà lo conosceva

bene nei vizi e nelle virtù. Il suo vizio più conosciuto era di gola, quello delle trote alla brace che pescava con una canna a mulinello fatta arrivare apposta dal continente. Il suo difetto più grande, e un po' meno conosciuto, era invece quello di futtirsi, con le buone o le cattive maniere, le donne degli altri. Di virtù il paese non gliene conosceva, anche se il curricolo della prefettura era tutto un elenco di encomi e opere di carità. Pure una medaglia gli avevano dato a quel bastardo, per aver venduto Luisone Pappabrodu alla giustizia. A memoria di cristiano l'unica cosa buona che fece da vivo fu quando sparò una pistolettata in fronte al suo cavallo malato di scorbuto per abbreviargli la sofferenza. Quando indossava la divisa il podestà si sentiva irresistibile e potente, per questo non se la toglieva neanche per andare a letto, gli piaceva truvare con gli stivali calzati e la medaglia del duce appesa al collo. A chi lo incontrava al rientro da una buona pescata, canna in spalla e cestino pieno, usava dire indicando lo strumento:

«Con questa prendo le trote, con quest'altra prendo sas eminas!».

Se la rideva con la volgarità dei prepotenti, quella battuta, e da anni non sentiva il bisogno di cambiarla.

Era scapolo per scelta e quando aveva sete alla braghetta abbeverava il cavallo nelle fontane dei contadini o dei minatori. Aveva una predilezione per le theracche, di animo buono e mansuete per natura. Le avvicinava minacciandole di raccontare qualche bugia al loro padrone, e quelle poverittedde, per non perdere il pane, si smutandavano e mosca.

Chi si era appostato dietro i rovi per saldargli il conto aveva le tasche piene di cartucce e una manciata di piombo ancora in canna per eventuali cattivi incontri. Paaahm! Adiosu e bonu viazzu a s'ifferru, podestà 'e merda! Una fucilata secca a pallettoni che sparpagliò filamenti caldi e schegge affilate sulla bertula che Carapu si era arrotolato sotto la nuca a modo di cuscino. Della testa non gli rimase quasi niente, solo una punta di mento abbruschiato e metà del coperchio cranico. L'assassino o gli assassini non avevano né nome né volto: come ombre erano arrivati e così se ne andarono. Nessuno vide niente, sentì niente. Solo Bachiseddu Tivazza, che aveva la casa della vigna proprio in punta alla vallata di Icunighedda, notò una nuvola di polvere che si spostava troppo in fretta per essere quella fatta da un cavallo in corsa.

«Una vittura nera! Forse era un'automobile di quelle della milizia!» disse tra le lenzuola alla moglie Laretha prima di prendere sonnu.

«Dormi e zitto, che tu hai le visioni anche quando sei sano!».

Il podestà lo ammazzarono di pomeriggio, a ferragosto, in giorno di festa da ricordare, come si usa in Barbagia. A soprannome lo chiamavano Ganamala, bruttavoglia, da quando era piccolo, perché aveva un modo di dire e di fare che costringeva a dare di stomaco anche a digiuno. Non era forte, né furbo, né coraggioso: solo un minciale era! Portato per natura alla tresca e al tradimento, dentro la divisa si sentiva in una fortezza.

«Unu miserabile!» diceva mio suocero.

«Unu merdosu a serviziu de su vasciu!» aggiungeva mannai Gantina.

Di sicuro ci aveva provato anche con signora Ruffina, perché quando la incontrava gli spupillavano gli occhi fuori dalle orbite.

Chi gli diede il papai che si meritava lasciò una scritta nera sopra una roccia di granito levigata dal mulinare delle acque:

«A morte su vasciu e sos fascistas!».

La calligrafia era precisa a quella di Micheddu, che già si era dato alla banditanza una volta, dopo la rapina all'esattoria di Bacujada e l'assalto al postale nelle curve di Mela Ruja, e non poteva arrampanare il podestà. Due più due quattro: era lui l'assassino. Tutto sembrava così chiaro e invece tutto era più scuro dei fondali del fiume Murruzzone, perché qualche tempo dopo uscì in giro la voce che la politica con quella morte non c'entrava niente.

«Altro c'è sotto! Ma tutto in politica girano questi? Qui si tratta di affari poco puliti! Già sarà roba di letto o di bestiame!».

Nei campi e negli ovili, all'imbocco delle gallerie o ai tavolini delle bettole, si raccontava di una certa doppietta con la matricola abrasa sequestrata a Thilippeddu Nigroi nella sua tanca di Sos Mannales, dove passava il bestiame mustrencato dai buzzai di tutta la provincia, arma poi scomparsa misteriosamente dallo sgabuzzino della caserma in cui venivano conservati i corpi di reato. Le malelingue dicevano che quell'arma era stata usata per spuntare corna, corna di sbirro. Il podestà di nemici ne aveva uno sotto ogni pietra, ma chi aveva lasciato quella scritta voleva portare la giustiscia dritta a casa nostra.

«Se non sono corna di letto sono di bue mustrenco!» diceva ridendo tziu Istentale Corbula il mugnaio.

Tzia Battora la maghiargia, che era inquieta da una settimana e tremava a ogni sbattere di porta, mandò a chiamare signora Ruffina e le domandò spiegazioni:

«Cosa sta succedendo in paese, signora mia? I demoni si sono scatenati. Ma lei ne sa qualcosa della morte del podestà?».

Signora Ruffina taceva imbarazzata.

«Per favore mi faccia un'altra fattura contro la sterilità, che sento richiami di morte e forse ho sbagliato qualcosa!».

Un anno dopo, quando partorì, tzia Battora le fece anche da levatrice nonostante il marito non fosse d'accordo. Lui voleva farla partorire in ospedale, lontano da Taculè, per evitare chiacchiere sulla loro intimità.

Con lei Ruffina si confidò piangendo in un pomeriggio piovoso di fine estate, due mesi dopo la nascita di Benito, che non sapeva dove andare a morire con la sua pena. Taculè in giornate simili sembrava ancora più malinconica, con le sue ore corte e senza coda, intristite da un velo plumbeo che immobilizzava la voglia di vivere. Il tempo, a Taculè, durante il cambio delle stagioni si fermava indeciso. Vinto da malattie sconosciute e contagiose, prendeva il gusto acido delle mandorle amare. Ruffina Centini, dopo un lungo pianto, glielo disse chiaro a tzia Battora, senza ballarci intorno:

«Figlio di bandito è il mio! Micheddu è il padre della creatura che ho portato in grembo!».

Si asciugò il viso e aprendo lo scialle sulla pancia sgravidata se la palpò a mani aperte, contenta di quel balla balla tra le viscere che le aveva tenuto compagnia per nove mesi.

«Non rinnego niente di quello che ho fatto! Anzi, sarei disposta a rifarlo domani».

Tzia Battora rivide lo sguardo di quella creatura che aveva pulito con acqua di violette e asciugato con panni di massaria per il pane. Ma lei già lo sapeva: quello era sguardo conosciuto. Sguardo fiero e ribelle di barbaricino primitivo, disposto a giocarsi il lungo e i tondi pur di non farsi privare della libertà.

Anche se non la posso arrampanare per quello che ha fatto, questa Ruffina come donna la capisco: una femmina non è tale senza il frutto delle doglie. Il nostro compito di femmine è raccogliere il seme e farlo germogliare, se c'è l'amore bene, se no passenzia, va bene lo stesso, perché altrimenti il mondo si ferma. Adesso ne scrivo come di cosa successa ad altri, ma le lacrime che ho versato quando ho saputo queste cose avrebbero portato il fiume Murruzzone fino al mare.

Tzia Battora mi disse che tutto era accaduto un pomeriggio di fine estate che Ruffina se ne andava per i campi in cerca di paesaggi da dipingere, la tela in una mano, la cassetta dei colori nell'altra, la gonna tirata su dalle spille per abbronzarsi le cosce, e Micheddu era in zona a binocolare per sicurezza il territorio da un'altura. Altro che paesaggi, mincie d'asino e di cristiano andava cercando quella bagassa, che ancora non riesco a immaginarla con il mio Micheddu a gambe sparrancate come una mantide. Manco se mi pagano posso credere che Micheddu abbia goduto insieme a lei. L'avranno mandata gli sbirri per catturarlo. Gli avrà dato da bere qualcosa, lo avrà provocato con le sue trasse da continentale! Vini cattivi gli avrà fatto bere! O forse sarà stato davvero lui a prendere l'iniziativa? Quello, per scherzo e per davvero, lo diceva sempre che farsi la moglie di un carabiniere è un doppio piacere. Noi femmine non riusciamo a capire certe cose, per noi non c'è piacere senza amore, e se mancano il piacere e l'amore ci contentiamo pure dell'affetto, come i gatti. Come faceva a esserci affetto tra loro due se neanche si parlavano?

Dopo la prima volta che se la portò tra le canne del fiume, gli appuntamenti tra Micheddu e signora Ruffina erano nella casetta della vigna di Basarulè e in un nuraghe. Bei quadri a colori! Durante le pause del loro gioco a luna monta bevevano moscatello a fruncu e se lo spruzzavano addosso prima di accoppiarsi di nuovo. Quando verso sera lei cadeva bocconi sul pagliericcio di foglie di granturco, Micheddu le dava il colpo di grazia e poi la riaccompagnava a cavallo fino al bivio di Sas Tres Lacanas, a cento piedi da dove ero nata.

Bello sfregio pure quello! Bella vergogna ho dovuto inghiottire per difendere il mio amore! Marranu che a mia insaputa saranno pure andati al mare, dove lo abbiamo fatto la prima volta? Ohi, come mi pesa la testa! Mi sembra di avere fili di ferro al posto dei capelli. Non voglio credere che sia tutto vero quello che mi hanno detto. Ancora oggi, se me lo dovessero domandare, direi che è tutto falso, che Micheddu a signora Ruffina non l'ha mai sfiorata con un dito. Però, quando sono sola come adesso, ogni volta che ci penso me lo ripeto: innamorarsi di quell'uomo è stata una pazzia, una pazzia manna! La cosa più folle e bella della mia vita.

Canta, mannai, canta!

S'amore es zecu e surdu
in cada cuzone
lassata unu burdu
pro ammentare chi es perdiscione.

15
Il periodo della banditanza mi ero abituata
a vivere in solitudine

Il periodo della banditanza mi ero abituata a vivere in solitudine, lontana da Micheddu. Mi sentivo una vedova bianca, come le mogli di certi emigrati che tornavano in paese ogni morte di papa per imprinzarle e vedere la casa che tiravano su con i soldi delle rimesse postali. Fondamenta, vespaio, muri, solaio. Si finiva malamente il grezzo e si scopriva che la vita era volata via come un pigliamosche, muovendo la coda a intermittenza e vociando un monotono zit zit. I padri incanivano e i figli erano pronti per partire. Disperazione fresca, formaggio e acquavite dentro le valigie di cartone color castagnino. L'ultima tappa a Laranei e Taculè la facevano tutti per morirci, nessuno se la sentiva di lasciare le ossa in terra anzena. Dall'Australia, dall'Argentina, dalla Francia o dalla Germania, se ne tornavano a marcire sulla collina di Chirilai, con gli occhi chiusi alla poca vita che rimaneva e al troppo sole che martellava dalla punta di Berchialò. I celibi che avevano perso per sempre la speranza di dividere il letto con qualche femmina di buona volontà investivano i risparmi nel terreno del camposanto e compravano marmi e bronzi per una ricca tomba. Bella cadenaccia la solitudine, che ti succhia la voglia di vivere e ti lascia vuoto come la ghianda mangiata da un picchio.

In attesa che Micheddu mandasse le imbasciade con il luogo e l'ora degli appuntamenti, i miei giorni trascorrevano in un angolo illuminato della casa. Lì alternavo il silenzio leggero al tombolo, la scrittura di qualche poesia alla lettura dei libri d'arte che mi prestava allora Livia, la figlia di don Mario Battipala il pittore. Non erano come i romanzi di tziu Imbece che mi avevano bruciato quelli della forza pubblica, ma andavano bene lo stesso. I ritratti, i paesaggi, le case, le scene di vita quotidiana, erano storie raccontate col pennello, non col sangue amaro dell'inchiostro. Il silenzio notturno era invece più profondo e lo temevo a febbre perché, quando il sole si lasciava inghiottire lentamente dal buio, Taculè appariva per quello che era veramente: un luogo di dannati mandati lì a espiare la pena della vita facendosi del male a vicenda.

«Condannati a vivere siamo! Condannati come una figliata di topi rinchiusi nella stessa gabbia» diceva sempre tziu Galistru Ziloche mostrando gli ultimi quattro denti anneriti dai toscanelli e leccandosi le labbra screpolate. «Stavo meglio in galera che qui!» aggiungeva, ridendo e sputando per terra a ogni passo saliva bragosa.

Prendere o lasciare, a Laranei e Taculè si è sempre conosciuto così. Il nuovo ha sempre lottato alla strumpa col vecchio e ha sempre perso. La modernità è considerata una malattia, una pustola da svuotare subito con la spina santa. L'unica alternativa alle sofferenze che consumano la mente e la carena rimane la socca dei buoi che tirano il carro. Ohi, che cattivi pensieri facevo allora la notte! Ma perché veniva buio? Poteva rimanere sempre acceso il sole! Al primo sonno mi sembrava di vedere, tra due colonne sbriccate di roccia calcarea, il mare che svettava come un'immensa montagna turchina, con i diavoli che rincorrevano le fate e i carabinieri che sparavano a Micheddu alle spalle. Dopo aver addormentato Daliu nel brossolino, per evitare quelle visioni a volte me ne uscivo in cortile ad ascoltare lo stridio dei pipistrelli che tagliavano l'aria come anime perse. Camminavo sotto i melograni, strappavo un fico maturo e lo inghiottivo in un boccone per farmi la bocca dolce. Di tanto in tanto accostavo l'orecchio alla bocca del pozzo e mi sembrava di udire il gorgoglio di presenze lontane: voci lamentose che masticavano parole incomprensibili:

«Tugalù mì nirza cajone mica, licanu nor bota dolore in terra».

Erano i miei antenati che volevano dirmi qualcosa e io non riuscivo a capire. Solo le ultime parole erano chiare e precise, e la voce somigliava a quelle di Predu e di Costanzu: dolore in terra. A me la vita mi ha dato poco e mi ha tolto tanto. Quel poco l'ho strappato con le unghie, quel tanto l'ho mollato a malincuore dopo averlo stretto tra i denti. «Dolore in terra», bugia si vorrebbe!

Una notte mi svegliai confusa come una creatura appena nata. Avevo fatto un sogno breve che sembrava vero. Una tempesta aveva trascinato me e Micheddu sopra uno scoglio a forma di mano aperta in mezzo al mare. Al centro una coppa d'oro piena fino all'orlo di un nettare rosso rubino; a destra una spada affilata con l'impugnatura di avorio tempestata di tormaline di ogni colore; a sinistra un purosangue che pareva scolpito nel talco di Sa Matta. Vedemmo una grossa colomba bianca uscire dalle nuvole e posarsi sul pollice di pietra. La colomba aprì il becco e disse:

«Prendete uno di questi doni! Attenti perché dalla vostra scelta dipenderà il vostro futuro!».

Micheddu non dubitò un attimo. Salimmo a cavallo e tornammo a riva cavalcando le onde. La colomba ci seguì ridendo e atterrò sulla sabbia.

«Bei tonti che siete stati! Avete preferito un cavallo al nettare dell'eternità che rende immortali e toglie la miseria e il dolore».

Dolore in terra... Il matrimonio con Micheddu arrivò in ritardo e senza gioia. Non avevo ancora compiuto vent'anni. Quell'inverno se n'era andato tziu Imbece e il freddo nel cuore mi era rimasto fino al giorno della cerimonia, il ventitré di marzo. Lo avevo così tanto desiderato quel giorno, che alla fine ci arrivai senza entusiasmo, mi sembrò di assistere allo sposalizio di un'altra. Mi vedevo da fuori e dicevo:

«Iiiiih, che bella coppia che fanno, a questi non li separa manco il demonio!».

Don Zippula si rifiutò di celebrare il rito e noi portammo un altro prete a pagamento da Oropische.

«Io la benedizione al diavolo non gliela darò mai!» diceva don Zippula.

Bellu titule è stato a trattarci così. Con quello che aveva cercato di farmi dopo la prima comunione, sarebbe bastata una parola con Micheddu per seppellirlo a Chirilai. Bella riconoscenza! Ma dove si è mai visto un prete che si rifiuta di sposare due innamorati?

Il pranzo lo facemmo nel salone del monte granatico e invitammo tutti gli amici di Laranei e Taculè. Quattro vitelle e trenta maialetti macellammo. Mille litri di vino nero, pane e dolci da riempirne un carro. Il nostro matrimonio non se lo dimenticherà mai nessuno, neanche i cani e i gatti che mangiarono gli avanzi per una settimana. La prima notte da sposati gli amici di Micheddu si piazzarono dentro la casa nuova del vicinato di S'Atturradore Mannu e se ne andarono che era giorno fatto. Mio suocero l'aveva fatta costruire lì apposta per noi, e anche per essere più vicini a loro che abitavano dall'altra parte della strada. Quel vicinato lo chiamano così per via della canna fumaria della panatteria che somigliava a un grosso abbrustolitore di ceci e caffè. Sos amicos ci buttarono i materassi dalla finestra e lasciarono tracce di piscio e di vino in ogni angolo. Cantavano a squarciagola, frastimando la sua scelta di accasarsi. La cantilena ossessiva e snervante era sempre quella:

«Già te l'hai fatta bella... Già te l'hai fatta bella a sposarti! Meglio scapolo e disperato che una moglie giovane nel letto! Menzus vacadivu chin s'aprettu chi non muzzere in su lettu!».

Rompevano i bicchieri e le bottiglie vuote strampandole sul pavimento con violenza.

«Auguri e figli maschi!».

Coseme Cicchette spaccò anche la zuppiera di porcellana del servizio buono che ci avevano regalato i testimoni. A quel punto, dopo aver detto a malomodo la mia, mi sono coricata.

«Bestie siete! Ma così si festeggia l'amicizia, un matrimonio? Continuate pure a sconzarvi bevendo: bonanotte!».

Povere le martiri che si sarebbero accollate gente simile, capace solo di trincare e piangere in solitudine sopra il cuscino o la stuoia. Manco il vomito di dosso si sapevano togliere quelli.

Quella notte mi venne nostalgia della nostra casa del vicinato di Sas Tres Lacanas, dei suoi rumori, dei suoi odori, del pane duro, dei cardellini che facevano il nido nel pergolato, delle cascate di gerani che uscivano dai vasi di sughero, dell'acqua del pozzo che sapeva di melagrana matura. Il regalo più bello per il matrimonio me lo fece uno stormo di uccelli che all'uscita della chiesa di Santu Zoseppe disegnò in cielo un'enorme dalia radiata che si apriva e si chiudeva su un fondale azzurro. Le rondinelle si dispersero impaurite solo quando Muschittu e Ruspone spararono in aria le prime schioppettate d'augurio. Pùhm! Pùhm! Pùhm! Tre rondini caddero a piombo sull'impietrato come grossi chicchi di grandine.

«Tres rundines tres mortos!» bisbigliò tzia Battora all'orecchio di comare Natalia Muzzas la bottegaia.

«Possono essere anche tre figlie femmine, comà!» rispose lei lanciando una manciata di grano.

Adesso, delle fucilate, temo anche il rumore.

Per arrivare alla chiesa, dopo che Micheddu e i parenti avevano fatto finta di venirmi a prendere a casa, facemmo l'intero giro del paese. Tutti sapevano, anche se avevo l'abito bianco, che convivevo da tanto col figlio di Secchintrese e il sangue della mia verginità lo avevo già donato. Quel giorno, più degli altri, della gente mi dava fastidio il dire e non dire, il guardarmi col finto rispetto che impone la paura di evitare una spallettonata o una stoccata al petto. Se avessero potuto rovinarmi davvero il matrimonio in tanti avrebbero gridato volentieri:

«Puccidda! Muzzere de bandidu! Che schifo! Moglie di bandito! Bagassedda gaddighinosa! Barrosa crediola!».

Micheddu sorrise e recitò bene la sua parte durante tutta la cerimonia. L'attore doveva fare per come era bravo. Ogni tanto si sfregava i denti rumorosamente, come a mettere paura al prete forestiero. Già all'epoca gli attribuivano furti di bestiame, rapine e ammoramenti con questa e quella, ma io non ci credevo. Anche se un'occupazione vera e propria non l'aveva ancora trovata, ogni tanto qualche giornata di lavoro gli usciva. E poi andava a dare una mano al padre e ai fratelli, che ci aiutavano in tutto. Le pecore prese in pastore, che mungeva solo quando ne aveva voglia, pascolavano nelle tanche di tutti e nessuno gliele rubava. I soldi in casa non mancavano mai e le provviste bastavano per mantenere quattro famiglie numerose. Non ci mancava niente, insomma. L'olio, il grano, il vino, il formaggio, la roba di maiale riempivano la cantina in un presepe d'abbondanza che molti ci invidiavano. Chissà in quanti ci facevano il malocchio di nascosto. I soldi che non dava a me, Micheddu li nascondeva in una nicchia del cunicolo che collegava la cantina con l'orto e la strada.

«Per il futuro» diceva. «Che non si sa mai come gira la ruota».

La milizia, dopo che prelevò il denaro il mattino successivo che Micheddu si diede a banditare, disse che c'erano anche biglietti della rapina all'esattoria di Bacujada e quelli dell'assalto al postale nelle curve di Mela Ruja. Io credo che quei soldi sporchi li abbiano aggiunti loro, perché per incastrare mio marito erano disposti anche a peggio, come hanno dimostrato dopo.

Durante la banditanza, iniziata cinque mesi dopo il matrimonio, Micheddu si sentiva nudo anche quando era vestito. Si sentiva spiato da tutti e si fidava di pochi, perché lo avevano informato che chi avesse messo la sua testa sul piatto avrebbe intascato un passaporto e una bella taglia. Mio suocero, che odiava le divise come le carestie, non aveva fatto nulla per incoraggiare la sua fuga.

«Tanto se ti vogliono ti trovano» diceva. «Se hai rogna da toglierti paghiamo un buon avvocato e non se ne parla più. Non vorrai vivere tutta la vita alla macchia? Già lo sai che metterti contro quelli è peggio che prenderti i pidocchi. La giustiscia non te la levi più di dosso neanche da morto! Mira che un giorno o l'altro te la fanno!».

Aveva ragione mio suocero, ma lui ragionava all'antica, quando la benemerita era un'altra cosa e trattava i balenti da uomini. Quante volte gli era capitato di farsi trovare con le bestie appena macellate e con la scure in mano? Allora si discuteva e si ragionava e, alla fine, una soluzione si trovava sempre. Anche la volta che a testa di vino aveva aperto la pancia a Grazianu Trincale, suo vicino di pascolo che sconfinava sempre, un vecchio maresciallo campidanese aveva mediato e il tentato omicidio era diventato «lesioni per leggittima difesa». Trincale la finì di sconfinare e si tornò anche a bere insieme. Così andava il mondo allora, quando le teste avevano il tempo per sfreddarsi e non giravano all'impazzata come furriaiole al maestrale.

Con Micheddu in banditanza le perquisizioni erano sicure come il mestruo, e anch'io mi sentivo spiata perfino nella stalla dove andavo a fare i bisogni e a lavarmi. Dal trentacinque al trentotto, prima che me lo ammazzassero, mi hanno fatto visita una trentina di volte. Mi capitava, con sempre più frequenza, di provare forte la voglia di non sentire, di non guardare, di starmene in un angolo della casa a fare la pietra, il tronco, l'acqua che riposa nella brocca fino a svaporare. C'erano giorni che il sole arrossava gli occhi quando con la sua luce vermiglia squarciava la quiete delle cose per riportarmi alla realtà. La verità era che stavo invecchiando in fretta, ero madre e sembravo già nonna. Non l'ho detto mai a nessuno, ma adesso che sto raccogliendo anche la melma dal pozzo della memoria lo confesso: da quando Micheddu si era dato a banditare, ogni mattina mi svegliavo madida di sudore e di paura. Mi sedevo sul bordo del lettone matrimoniale e, col viso nascosto tra le mani, mi mettevo a piangere a corrochinu. Lamenti spezzati di una moribonda che non voleva farsi strumpare a terra dal dolore, dalla vergogna. Io il ponte che dall'infanzia porta alla maturità l'ho attraversato in fretta e a occhi chiusi. Vivere non è come succhiare fiori di pervinca, amare non è placare quel prurito che rimbalza dal monte delle cosce al cervello stronandoti il cuore. Tziu Imbece, nella sua saggezza, aveva forse fatto bene a non sposarsi, a non fare figli.

«La vita di un uomo in questa terra vale meno di quella di una bestia! Perché mettere al mondo vittime da sacrificare alla guerra, all'odio, all'ignoranza, alla miseria, ai vini scuri come i panni da lutto?».

Questo mondo non merita di essere lasciato con qualche rimpianto: quando si va dal Padreterno è meglio avere le tasche vuote. Ma come fa una donna a morire senza provare la gioia dolorosa di mettere al mondo un figlio? A meno che non sia una vurvi sicca, qualcosa la deve criare. Forse la ragionava così anche signora Ruffina. Anzi, la pensava così di sicuro, per fare quello che ha fatto. Come può una femmina andarsene dal mondo senza partorire, ah? Che senso ha dare di reni e ansimare sotto il peso di un uomo senza dare frutto? È come giocare a carte senza soldi, bere senza ubriacarsi, correre stando fermi, pastinare alberi per non raccogliere frutti. Tziu Imbece aveva ragione:

«Deus es s'omine! Altro Dio non ce n'è! Sunu tottu avulas pro zente tonta!».

In Barbagia, per le donne, così è sempre stato, così è, così sarà in eterno: l'uomo è Dio! Spero che i miei figli, se mai leggeranno un giorno questa storia, non se ne abbiano a male per quello che sto dicendo. Da quando Daliu è venuto al mondo il tempo per me si è impennato come un cavallo imbizzarrito e ha preso a correre veloce verso non so dove. Lui è nato proprio il giorno dell'Assunta, il quindici di agosto del trentasei, esattamente un anno dopo l'uscita a banditare di Micheddu, e alla stessa ora in cui il giorno dopo ci avevano perquisito la casa. A Dalieddu me lo portavo in spalla dappertutto, per fargli bere con gli occhi paesaggi che non avrebbe dovuto mai dimenticare, per abituarlo a sentire la musica del vento, per fargli respirare il profumo aspro delle sughere appena scorticate. Il padre lui lo ha visto solo in fotografia, al camposanto. Portarglielo in campagna o far venire Micheddu in paese per farglielo abbracciare era troppo pericoloso. Micheddu, per la testa che aveva, avrebbe pure rischiato, ma il bambino non andava coinvolto nelle brutture di famiglia, era cosa che ci dovevamo spiducciare da soli. Molte notti Daliu si svegliava con un ruggito selvaggio, come se nei sogni avesse incontrato qualcuno che voleva insegnargli a sbranare un nemico invisibile.

«Babeddu Micheddu, babeddu meu! Dove sei?» così implorava il nome del padre che non aveva conosciuto.

Genitori e parenti mi avevano messo da parte, mi compativano come un ramo marcito della famiglia che si era staccato da solo dall'albero dei Savuccu-Ghilinzone. Mi guardavano come a dire:

«Di l'as chircada! Te la sei cercata! Adesso grattati!».

Solo mannai Gantina si ostinava a volermi bene e, quando poteva, veniva a farmi visita e consolarmi.

«Non arrenderti figlia mia, che avere il marito latitante non è vergogna! Le vergogne in questo paese sono altre!».

Si divertiva ancora a cantarmi la vita in rima:

> Dìlliri, dìlliri si cheres ballare
> virgonza no este a bandidare
> ma sale e focu a ispaghinare.
> Dìlliri, dìlliri si cheres ballare.

La vergogna più grande era che tutti sapevano e nessuno diceva! Tutti contavano i peli del culo al prossimo ma facevano finta di non vedere le montagne. Bella gente! Sapevano con chi se la faceva mio marito, sapevano chi aveva spedichinato il podestà per far cadere la colpa su di lui. Ehià! Merda! Non dicevano niente! Quello che non sapranno mai è chi ha ucciso il brigadiere Centini, perché questa storia, se Dio vorrà, non la leggerà nessuno, o forse soltanto i figli miei, quando io non ci sarò più. Dopo accada quel che accada, il mio passato vada dove vuole andare. Non lo saprà mai nessuno chi ha spedichinato il brigadiere, anche se Ruffina, dopo la scomparsa del marito, mi guardava senza ostilità, come una sorella che è partecipe di un segreto che si porterà nella tomba. Che immagini qualcosa? A malagana debbo ammettere che in fondo io e lei abbiamo qualcosa in comune: abbiamo raccolto il seme della morte per farlo germogliare in una terra che non ride. Ohi, cosa non è questo dilliriare sul passato! Balla, Mintonia, balla se vuoi ballare! Ogni tanto il rimorso mi sale in gola come un grumo acido e rasposo, in lontananza mi pare di vedere il castigo di Dio che mi aspetta: l'inferno con la sua giostra di lame affilate e piscine di sangue per nuotare. Quando finirà il viaggio che devo fare, spero solo che il Padreterno mi dia il tempo di crescere sane queste creature. Lontano le voglio portare. Il più lontano possibile da questi ricordi, da questi rimorsi che rendono le notti lunghe e terribili, i giorni maligni e spiritati. Il biglietto per l'imbarco e il foglio per l'espatrio me li ha portati Zosimminu, quello che guida il postale. Che uomo buono! Tutto ha organizzato, scrivendo ai parenti suoi e raccomandandomi come una sorella minoredda. A lui è bastato un mio sorriso per sognare cose che non avrà mai. Forse gli amori più belli sono quelli che vivono di così poco, come la cedracca tra le rocce.

Canta, mannai, canta!

A bandidare vi cherete astuzia
a istudiare volontade
a trabagliare vi cherete passenzia
a campare libertade.

16
Quella carne abbandonata tra i cardi

Quella carne abbandonata tra i cardi alle mosche merdulaie era carne mia. Quel corpo straziato in due, da salsare come un mannale, era stato mio. Quel cuore, buttato in sfregio sopra il letame, aveva battuto forte per me. Ogni volta che ci pensavo, nel silenzio notturno interrotto solo dal miagolio dei gatti in calore e dai lamenti di Daliu che invocava il padre nel sonno, la voglia di uccidere mi saliva dentro come una voce che il vento portava da molto lontano. Fjuuuuum, fjuuuuum. Sambene, sambene, sambene! Fjuuuuum, fjuuuuum. Solo sangue vedevano i miei occhi, sangue amaro che mi saliva infocato alla testa. I consigli di tziu Imbece, l'esempio di mannai Gantina che non aveva mai schiacciato una mosca in vita sua, i libri consumati come pane sotto le querce, le lezioni di mastru Ramiro, mi scorrevano addosso come l'acqua sulle foglie cerose del leccio. Mi ribolliva dentro un odio primitivo che non si lasciava imbrigliare da niente e da nessuno. Sa cultura, sos libros non bastavano a trattenermi. Era cosa altra da me, che andava per conto suo come una bestia selvaggia. Nel fondo del fondo dei pensieri un antico istinto di serpente se la ragionava sul dove, sul come schioccare la lingua per lanciare il veleno che uccide. Per un certo periodo l'idea che tutti gli esseri umani mi somigliassero mi fece veramente paura. Feroce mi sentivo, capace di qualsiasi cosa come uno che si è scolato mezzo litro d'acquavite a digiuno. Anche i santi avrebbero potuto uccidere per un'offesa come quella che avevano fatto a me. L'idea che Dio uccide a volte senza ragione un poco mi consolava, mi faceva sentire leggera come una cardulina. Dio sì e io no?, mi domandavo. Ma non dobbiamo somigliare a lui in tutto e per tutto? Così mi avevano insegnato al catechismo. Io di motivi per spedichinare quel dirgrasciato di Centini ne avevo da vendere. Non sono Dio e neanche la Madonna, questo è vero, ma se aspettavo la giustizia divina quello campava cent'anni e ne avrebbe fatti di sicuro ammazzare altri. Io non mi sono sostituita a Dio, ho solo anticipato il suo giudizio finale. E poi lui da questo paradiso barbaricino mi aveva già scacciato portandomi via Micheddu e lasciandomi sola con la creatura. Cosa avevo da perdere, ah? Di fame Daliu non sarebbe morto!

Chi aveva gettato l'esca alla milizia e aveva ordinato la macellazione di Micheddu sapeva molte cose. Sapeva per esempio che sei mesi prima di darsi a banditare aveva minacciato in pubblico il podestà.

Era di febbraio e si festeggiava il carnevale alla maniera nostra. Nel camerone dell'ammasso dei formaggi si ballava al ritmo dell'organetto di tziu Corovonu. Odore di muffa e salatura. Tra un aniciotto e una ridotta di nero l'aria si era fatta ancora più pesante, con tutti quegli aliti che liberavano voglie nascoste dietro le maschere improvvisate. Il ritmo della danza era infernale, col suo riorròi riorròi di passi sfregati in fretta sul pavimento di granito consumato. I danzatori sembravano avere organetti al posto dei piedi.

Durante il cambio delle coppie era riuscito ad avvicinarsi a me un uomo carazzato da cinghiale che indossava una pelle di caprone e gambali lucidi stringati. La pelle del giaccone era nera, pudescia e riccioluta. La maschera, infilata a tutto collo fino allo sterno, aveva le zanne lucenti e il muso storto nel gesto disperato della morte. Cinghiale ucciso a balla sola!, mi dissi. Che dietro la maschera non ci fosse una donna lo capii dalla mano bollente, forte e pelosa, dall'alito che puzzava di abbardente e cordula d'agnellone. Che quell'uomo fosse in calore come un asino e in cerca di guai lo intuii quando iniziò ad appoggiarmi il gomito poco sopra il fianco destro. Questo è uno che vuole suicidarsi!, pensai. Di sicuro non era amico di Micheddu, che queste cose agli amici non si fanno se non si vuole seppellire l'amicizia sotto un metro di terra fresca a Chirilai. Lo sconosciuto aveva la mano che sembrava una luscengola e quando finì il ballo l'allungò dove non avrebbe dovuto. Sentii un prurito alla natica e feci appena in tempo a dire:

«Ma andè l'agabasa, bruttu porcu! Oh! Quella mano mettila sul culo rotto di tua madre!».

Micheddu spezzò la catena del ballo e si avvicinò come un fulmine per agguantarlo alla cintola e strumparlo a terra. Lui era così impulsivo fin da ragazzo, toccargli le persone care era come toccare braci di lentischio. Quando io andavo ancora a scuola e lui mi veniva a prendere all'uscita, una volta spaccò il naso a Grianzu Battile e gli fece starnutire sangue solo perché mi aveva fissata troppo a lungo.

«Vàdiadi a sorre tua chin cussos occios coddanzinos, cozzonette!» così gli aveva detto: guardati tua sorella con quegli occhi fottioli, coglionetto! Lui, Micheddu, a scuola ci era andato fino alla terza, ma degli studianti non aveva soggezione.

L'uomo mascherato da sirvone piroettò un poco in aria poi sotto uno sgambetto cadde pesantemente di schiena. Micheddu gli mise il ginocchio sulla pancia e quello rimase senza respiro. Con la mano sinistra sollevò di un palmo la maschera e gli strinse il collo. Con l'altra, aiutandosi con i denti, aprì la leppa e gliela fece sentire sul fianco.

«Togliti la maschera! Toglitela, ho detto! Toglitela, perché prima di abbuddarti la leppa voglio vedere la tua faccia di bastardazzo!».

L'uomo prese fiato inghiottendo quasi la lingua e ubbidì. Si tolse la maschera roteandola leggermente come un coperchio di pentola. Quando ne uscì fuori la faccia terrorizzata del podestà Ganamala tutti ammutolirono. L'aria si era come liquefatta per il troppo sudore che sbollentava. Dalla paura le maschere di cuoio e di cartone erano diventate tutt'uno con la pelle. Si aspettava il fendente che sibilando nell'aria gli avrebbe tagliato la gola. Senza maschera Carapu somigliava davvero a un cinghiale appena spallettonato, gli mancavano solo le zanne, ma la paura era quella di una bestia che sta per morire senza agonia. Male fece Micheddu a non ucciderlo allora, almeno si sarebbe fatto la galera e buonanotte. Adesso sarebbe ancora vivo. In galera, ma vivo. Io mi avvicinai e gli dissi:

«Non rovinarti, Michè! Non rovinare il nostro amore col sangue! Non sporcarti le mani con un rimitano simile! Fallo per me, Michè, lascialo vivere anche se non se lo merita!».

Micheddu cacciò l'ira dentro le budella e chiuse il coltello. Non so se lo fece per amore mio o perché non se la sentiva di ammazzare in pubblico. A Ganamala, che si era ammansito come un agnello, lo fulminò con lo sguardo e lo accompagnò a spinte e calci fino alla porta. Remundu, Nascu e Putzoneddu si erano scarazzati e avevano messo le mani in tasca, per controllare i ferri e coprire le spalle a Micheddu, caso mai ci fosse stato qualcuno disposto a portarsi a casa le sue interiora in un lavamano. Dalla porta alla strada c'erano quattro gradini, Carapu li fece al volo, con le mani in avanti per atterrare salvandosi i denti. Finì sulla neve sporca e gelata. Prima di rialzarsi per scappare ebbe il tempo di sentire le ultime parole di Micheddu:

«Si di torras accorziare a Mintonia ses un omine mortu: ammèntatilu finzas chi duras!».

Quelli che si erano avvicinati al loggiato se la risero e tornarono dentro sfregandosi le mani per il freddo e la contentezza. Se ti riavvicini a Mintonia sei un uomo morto: ricordatelo finché campi! Per chi conosceva bene il mio sposo quella era una sentenza passata in giudicato. Tziu Corovonu riprese a suonare il ballo tondo, con le dita che andavano da sole dalla tastiera al bicchiere sempre pieno. L'organetto suonava per conto suo una musica accompagnata dalla salmodia pagana di quei piedi che ticchettavano sulle punte come orologi impazziti. Dùddùru dùru dùru dò, dùddùru dùru dùru dà. La notte passò così, sciancando un passo sillabato che scandiva il ritmo delle nostre esistenze, martellate come alberi da taglio, pietre da mina, bestias de mortu, malassortaos.

Quando arrivò il brigadiere Centini con i suoi uomini i ferri erano scomparsi, nessuno aveva visto e sentito niente.

«Rissa? Ma quale rissa, tutto allegro è qui, non vede che stavamo ballando?».

La fila in caserma per gli interrogatori durò fino al pomeriggio dell'indomani, e a conti fatti si mise a verbale che il podestà era rimasto vittima di un tentato omicidio da parte di persone non ben identificate. Il dattilografo, uno spilungone continentale taciturno e brufoloso come una plancia di gherdone, scrisse proprio così:

«Persone non identificate hanno attentato alla vita del podestà».

Non scrisse «ignoti». Perché Ganamala aveva avuto paura dei Lisodda e non aveva fatto il nome di
Micheddu.

Riorròi riorròi! Ho ancora nella testa la musica
neniosa di quell'organetto che fa capriolare la mia
voglia di uccidere e la accompagna dove deve andare, a casa di Centini, per fargli ballare il ballo del-
l'argia, il ballo della morte.

Canta, mannai, canta!

Riorròi riorròi
ajò, ca ballamus in sa corte.
Riorròi riorròi
ballamus sa vida e peri sa morte.
Riorròoi riorròi.

17

A metà luglio signora Ruffina era partita in continente

A metà luglio signora Ruffina era partita in continente per le ferie e sarebbe tornata solo a metà settembre: aveva bisogno di tempo per festeggiare coi nonni il compleanno di Benito. L'ultima volta che l'ho vista, alla vigilia della sua partenza, eravamo sole per la strada lungo il viale di Miluddai. Io davo la mano a mio figlio e, per vincere l'imbarazzo, gli ripetevo a voce bassa:

«Vadia a terra! Guarda a dove metti i piedi!».

Lui, mischineddu, ubbidiva e camminava a testa bassa, guardando l'impietrato e contando i passi. Lei spingeva Benito dentro una macchinina nera a pedali, con leggerezza, come se fosse vuota, come se lì dentro ci fosse stata un'ostia, un bamboloccio di pezza, un figlio di nessuno. La gravidanza non l'aveva sciupata, anzi, negli anni successivi, le si erano arrotondate e addolcite le forme. Gli occhi però erano cambiati, avevano come una doppia luce, un chiaroscuro indecifrabile. A fissarglieli separatamente si scopriva che uno era allegro e l'altro triste da lacrima. Gli uomini si giravano più di prima ad annicrarla e desiderarla, perché era quella che da noi si dice una vona che perdia, una vona a juchere, a truvare, una manica trastos. A truva da noi si prende la bestia e la donna. È un'offesa per la nostra dignità, ma ormai ci siamo abituate, a questo e ad altro. Non certo per rassegnazione. Abbiamo semplicemente capito che alla fin fine gli uomini li truviamo noi. Trù, trù, trù, corri uomo, corri, senza sentire le calcagnate degli sproni, la lingua calda della frusta.

Io andavo in cimitero a cambiare l'acqua ai fiori sulla tomba di Micheddu, lei a caffeare e ciacciarare da tzia Battora. A Taculè e Laranei se incontri il tuo peggior nemico che ha un bambino appresso ti devi fermare a guardarglielo, se no vuol dire che sei proprio unu runza mala, un'ispalamine che scarica le colpe dei grandi sugli appena nati, unu minciale chene coro e carattere. E se il bambino è rachitico e peloso come un cotogno, per complimentare si dice che è tondo come una panella e ha la pelle più liscia di un uovo sodo sbucciato... Lei si avvicinò e accarezzò per prima i capelli a Daliu. Io, quasi in sintonia, mi avvicinai alla macchinina e carezzai la testa del suo bambino.

«Una prenna! Proprio un bel gioiello!» esclamai, col fiato sospeso per l'emozione.

Sembrava la copia di mio marito tra le braccia di mama Lachia Sumeciu quando per fotografarlo prima del battesimo lo aveva infilato in un completino troppo stretto e in una cuffietta più grande di tre misure. Quella foto Micheddu la portava sempre con sé e, quando sentiva la cattiveria salirgli al cervello come una schiuma maligna, la toglieva dal portafoglio e se la guardava, per calmarsi. Aveva sempre il taschino pieno di foto, Micheddu, per ripassarsi ogni tanto le sue radici partorite una seconda volta dalla camera oscura di tziu Sindrione, il fotografo ambulante che arrivava a cavallo o in postale da Noroddile. Nella sua semplicità, Micheddu vedeva lontano, molto lontano.

«Si nasce da una camera oscura, si finisce in camera mortuaria, al buio» usava dire quando era di malumore.

Il bambino di Ruffina era la prova del nove nell'aritmetica dei sentimenti, che da noi s'incontrano e si scontrano con la velocità e la facilità dei pezzi di una calamita frantumata.

«Deus ti lu vardete!» disse lei in un tentativo di improbabile dialetto che voleva essere un gesto di cortesia nei miei confronti. Dio te lo guardi e te lo tenga sano!

Daliu fissava Benito con ammirazione e gli invidiava la macchinina.

«Me la compri anche a me, mà?».

«Quando torna babbo te la regala lui!» risposi.

Gli occhi di Ruffina si rattristarono e le palpebre si chiusero di scatto, come se glieli avessero punti a spillo. Di me e di Dio aveva bisogno Daliu! Il resto fu una scena muta, un riprendere la propria strada dopo aver cancellato in un istante l'odio che si era gonfiato di sangue come una vescica di fiume. Daliu e Benito erano entrambi orfani. Figli dello stesso padre che confondeva l'acqua col vino, l'amore col piacere, la dignità con la balentia, la famiglia con il gioco a luna monta. A vestirli uguali e guardarli controluce erano tutti e due precisi a lui. Benito, da parte di madre, aveva ereditato solo un piccolo neo a forma di coccinella sulla tempia sinistra e la mulinatura dei capelli all'attacco della fronte. Ruffina era stata la causa di tutte le mie disgrazie ma, in quel momento, non riuscivo più a odiarla. L'odio se n'era andato come un dente cariato tolto con lo spago, una spina sfilata con l'ago dalla pustola. L'odio tra donne è merce rara che si scambia sempre col sacrificio di una vita.

Per un minuto prese a soffiare un vento che scampanava le fardette delle donne e costringeva gli uomini a rincorrere le berritte per la via. Dopo la salita di Campusantu Vezzu, quando arrivai al pianoro, con la scusa di riprendere fiato mi fermai un attimo a riflettere. Daliu si mise a raccogliere fusti pelosi di lattosa e io aprii le braccia come una meridiana, per segnare il tempo e la distanza tra i vivi e i morti. Girai un po' su me stessa puntando la sinistra tesa ora verso il paese, ora verso Chirilai. La mano destra chiusa a pugno stringeva un sasso: quello era per me il cuore di Centini. Con tutta la forza della spalla lo scagliai oltre il muro del cimitero.

«Lì finirai, maledetto!».

Nel primo carteri del vialetto interno i fiori delle corone si erano rinsecchiti e avevano preso insieme alle foglie i colori del tabacco e della peronospora. Feci il segno della croce e m'inchinai a baciare la foto smaltata di Micheddu che sorrideva dal cielo stringendo le briglie del suo cavallo baio. Ruffina sarebbe tornata solo a metà settembre e io avrei avuto tutto il tempo di stendere la tela dell'odio sugli occhi sbarrati di Anselmo Centini.

«Ciau bà, ache a bonu! E cando sanas regalami sa macchinedda comente sae Benito: ammenta!».

Daliu salutò suo padre come fosse vivo e nascosto provvisoriamente sottoterra, dopodiché riprendemmo la strada per il paese.

Al bambino il veleno glielo avevo diluito col miele, inventandogli la storia di un padre che era diventato lepre e doveva starsene da bravo e nascosto per qualche tempo sottoterra, se voleva guarire da una brutta magia.

Canta, mannai, canta!

> Eminas vonas
> eminas malas
> tottus uguales
> e iscavesciadas.

18
La sera di settembre che bussai a casa di Centini

La sera di settembre che bussai a casa di Centini era la vigilia della festa per la Madonna di Zurrale. Avevo passato il pomeriggio a pensare a mannoi Liboniu Ghilinzone che spegneva il toscano schiacciandolo tra lingua e palato senza lamentarsi un bo. Il mal di testa andava e veniva come la luce durante un temporale. Per l'occasione mi combinai come una zingara. Scanzai i primi bottoni automatici della blusa e mi tinsi le labbra con un rossetto scuro del colore dei frutti bluastri del sambuco. Per facilitare il lavoro all'animale senza troppo soffrire anche in basso, spalmai le labbra delle cosce con lo strutto. Il profumo marca Tempesta, un fondo di quelle boccette che un tempo mi regalava tzia Turricca, lo spruzzai fin dove arrivavo con le mani. Slegai la treccia e lasciai cadere i capelli sulle spalle in una cascata lucente e setosa. Micheddu, che era abituato alla criniera del suo baio, quando mi prendeva all'antica, li tirava fino a farmi male. Le calze nere del lutto le arrotolai fin sopra il ginocchio e, per trattenerle, misi un elastico bianco di quelli sottili. Di reggipetto, dopo la gravidanza, mi era rimasta una quarta misura. Mutande buone ne avevo poche e reggiseni di pizzo neanche uno. Per l'appuntamento indossai la roba più nuova e mi guardai allo specchio. È vero che quelli non erano momenti per la vanità perché quando c'è di mezzo la morte certe stupidaggini femminili contano poco. Dopo il parto comunque il ventre era tornato a lavamano e le cosce sembravano lavorate a scalpello. A Micheddu, quando per gioco gli strofinavo le titte sul naso, lo facevo ammacchiare di gioia, e il dolore, poi, non me le aveva svuotate, ce le avevo ancora dure e lisce come il talco.

La leppa l'arrotai con una striscia di cuoio e la infilai nella manica sinistra della blusa, avvolta in un fazzoletto. Prima di nasconderla mi venne spontaneo fare il segno della croce e baciarla. Mi rivolsi alla lama come a un'amica e le sussurrai:

«No irbaglies! Non sbagliare, pro amore 'e Deus! Mira di andare bene a fondo!».

Quel manico in corno di muflone e con un palmo di ferro temperato era stata la pattadese di Micheddu. Durante la banditanza l'aveva un po' consumata a forza di spulicare pezzi di legno fresco per farne archi e carretti di ferula.

Il bambino, con la scusa che mi sarei dovuta alzare presto per aiutare Amalia Chione a cuocere il pane, lo lasciai in custodia a mannai Gantina. Lei non ebbe bisogno di guardarmi negli occhi per capire che le stavo raccontando una bugia senza gambe, ma non fece niente per fermarmi. Mi compatì con un sorriso benaugurale e mi salutò con un gesto del capo che voleva dire: «Vestias gosi s'andata a ateruve!», vestite così si va altrove! Aveva ragione. Con quel trucco pesante, dato male e in fretta, sembravo una bagassa in attesa del suo primo cliente. Forse il bruciore delle guance tradiva l'angoscia dell'attesa. La verità, comunque, mannai non la prese neanche per la coda. Di certo pensò che mi ero trovata un altro uomo, che non avevo resistito molto senza pedduncúlu, come chiamava lei quella cosa che hanno in più i maschi.

L'emicrania, che dal pomeriggio mi stringeva la testa come un cerchio di botte, per fortuna se ne andò dopo che scolai tre calicetti di mirto. Pronti!, dissi a me stessa battendo il pugno sul cuore. Tirai la cricchetta e aprii il portale. In quel momento l'orologio della torre iniziò a battere le nove. Don, don, don... Fuori l'aria era ancora calda, sapeva di violacciocche e zafferano. D'un tratto mi venne voglia di camminare scalza come quando ero bambina. Mi tolsi le scarpe, arrotolai le calze con l'elastico e le buttai dietro un vasetto di ortensie.

Per strada non c'era anima viva. Veniva giù un'acquetta pollinosa e frizzante. Solo il cane di Juvanne Cordiolu, al riparo sotto un lastrone di granito, spolpava il concale di una pecora leccandosi ogni tanto il muso. La novena era finita da un pezzo e tutta la gente era salita al Monte Zurrale a occupare sas cortinas per il giorno della festa.

Traversai il paese masticando un rametto di salvia agreste che sputai poco prima di bussare alla porta di Centini. Saltellavo sull'acciottolato ondeggiando come un passero con le ali spezzate. Avvolta nello scialle di tibè non mi avrebbe riconosciuto neanche la buonanima di Micheddu. Le lampade a pera dondolavano tristi spruzzando sul bagnato una luce tremula e ambrata. Al ritorno, per sicurezza, avevo deciso di prendere la via degli orti. Il cambio degli abiti puliti lo avevo lasciato in una pinnetta di Sas Tres Lacanas, vicino al fiume Pulichittu. Lì mi sarei bagnata per togliermi di dosso gli umori e gli odori della morte. Lì avrei bruciato i vestiti sporchi e mi sarei ricomposta i capelli.

Oltre gli scurini chiusi s'intravedeva un filo di luce. Bussai con quattro noccate secche e distanziate, senza usare il battente di ferro. Prima di aprire, Centini si avvicinò alla porta e domandò con apprensione:

«Chi è?».

Con la mano a taglio avvicinata alla bocca risposi sottovoce:

«Mintonia, signor brigadiè! Mintonia Savuccu sono, la vedova di Micheddu. Apra che ho una commissione per lei!».

Da noi, in Barbagia, il «chi è?» prima di aprire lo chiedono solo i cacareddas, i timetronos e i bambini. Centini aveva paura della sua ombra ma forse non di una vedova a mani nude. Aprì tuttavia con malcelata diffidenza, senza sganciare la catenella.

«Bene, bene...».

Mi lasciò per un istante sull'uscio, cercando di leggere in fretta qualcosa nel mio sguardo.

«E questa sorpresa? Cosa vuoi a quest'ora?».

Teneva il piede ben fermo sulla porta e con gli occhi scrutava gli angoli della strada.

«Parlare con lei voglio: è cosa urgente e importante!».

«Uuuhm! Importante, eh!».

Si grattò il naso con l'unghia sporca dell'indice e sollevò il mento caprino verso il fascio di luce che arrivava dal lampione stradale.

«Entra, entra! Se no continui a bagnarti».

Mi tirò dentro per un braccio bruscamente e, con tono maligno, mi domandò:

«E cosa ti serve, Mintò? Se sei venuta qui si vede che sei messa proprio male. Vuoi collaborare con la giustizia? Hai scoperto qualcosa sulla morte di tuo marito? Hai qualche problema che posso aiutarti a risolvere?».

Il tu era già un buon inizio. Stava a significare che non aveva intuito il vero motivo della mia visita: la pistola che portava alla cintola non l'avrebbe usata contro di me. La casa era in ordine come gliel'aveva lasciata la moglie. La immaginavo prima della partenza a raccomandargli di non toccare questo e quello.

«Pulisci quello che tocchi e rimettilo a posto, anche se si tratta solo di un bicchiere, altrimenti ti mangiano le blatte».

Il pianterreno era diviso in due ambienti, la cucina e una specie di salotto con un lettone per gli ospiti. I genitori o i suoceri del brigadiere, quando venivano giù dal continente, dormivano lì, sotto un copriletto di raso color ciclamino. Centini era nativo di Carmagnola. Delle sue parti aveva conservato i modi di fare militareschi e l'accento piemontese.

«Noi vi abbiamo fatto italiani, sardignoli di merda! Dove eravate durante il Risorgimento, a mungere le pecore?» diceva dei sardi.

Era uno che, con i subordinati e le donne, andava per le spicce, abituato a fottersi il mondo senza dover rendere conto a nessuno, neanche al duce.

Dalla fenditura delle tende di vellutino beige entrava dal salotto una lama di luce che divideva in due il pavimento della cucina. Accennando in ritardo una smorfia di stupore per la visita inaspettata mi fece accomodare su una sedia, vicino al caminetto spento che la moglie aveva tappezzato con un ricamo fissato a una tavola: due colombi che tenevano nel becco un ramoscello d'ulivo.

«Quindi, Mintò? Cosa ti serve di buono?» ripeté il brigadiere col tono di chi si aspetta una risposta in fretta.

Fu allora che iniziai a recitare come un'attrice che per mesi ha studiato la sua parte. Sentii come un colpo di scure che mi sdoppiava, e per il resto del tempo che passai in quella casa rimasi impietrita a guardare l'altra Mintonia muoversi e parlare.

«C'è che ho bisogno dei suoi consigli. Vostè, se vuole, può forse aiutarmi a capire e risolvere i problemi che ho in questo brutto momento. Ho sbagliato a non rivolgermi a lei prima, magari certe cose non accadevano» risposi.

Umiliarsi a pronunciare quelle parole di fronte all'assassino del podestà e di mio marito era cosa mala a digerire. Non sarebbe stato possibile senza la sete di vendetta che vinceva su tutto e mi teneva calma come l'astore fottivento in attesa di calarsi in picchiata sulla preda. In quel momento, la bambina ribelle svezzata a colostra, fave, lardo e bestemmie mostrò un sangue freddo sconosciuto. Parlavo tenendogli sempre lo sguardo dritto tra la sella degli occhi e le sporgenze carnose delle guance. Centini continuava a grattarsi il naso a torsolo di pera con l'unghia annerita dell'indice.

«Lei sa che la vedova di un bandito, con un figlio da sfamare, in un paese come questo è femmina persa: o si dà o si lascia prendere, delle due l'una!».

Tolse un fazzoletto appallottolato, lo distese a due mani, e ci soffiò dentro con rumore di zuffolo stonato.

«Non iniziamo con i piagnistei, per carità! Sembra che voi sappiate fare bene solo una cosa: lamentarvi! Ma è mai possibile? Garibaldi non vi ha insegnato niente? Tu sei ancora una bella donna e puoi rifarti una vita. Un uomo onesto, se ti guardi in giro, lo puoi finalmente trovare. E poi non sei mica ridotta in miseria, ci sono i terreni dell'eredità, le case. Tuo suocero non ti ha mica lasciata senza acqua in brocca!».

Le sue labbra sanguigne come emorroidi si dilatarono in un sorriso di soddisfazione. Provai un certo sollievo a vedere il topo che lentamente s'infilava da solo nella trappola.

«Non è così, signor brigadiè! Io sembro una donna forte, ma Dio sa quanto sono debole e indifesa! Anche di Micheddu avevo soggezione! Mi dominava con la paura e lei può immaginare quello che ho passato in questi anni. Mi aiuti, brigadiè, voglio andare via da qui! Chi ha massacrato Micheddu potrebbe prendersela anche con noi! Veda se può fare qualcosa, glielo domando col cuore in mano!».

Mentre mi toglievo lo scialle Centini girò l'interruttore della luce e un lampadario a palla illuminò a giorno tutta la stanza. Stava solo da quasi due mesi e, se quello che andava dicendo in giro tzia Battora era vero, era uomo che senza donna per tanto tempo non sapeva stare. «Ordine e femmina, mai manchino!» usava dire in privato quando si lasciava andare a qualche bicchiere in più di cannonau.

Mi girava intorno come a prendermi le misure e, ogni tanto, infilava lo sguardo tra la gora delle titte per capire cosa c'era più in basso e stabilire il prezzo da pagare. Forse sarebbe stato meglio ucciderlo in pubblico, che tutti così avrebbero visto che merda c'era dentro quella divisa! Ma come avrei fatto con il bambino?

Continuò con le lusinghe e le moine. Tziu Pascale Trinchera non avrebbe saputo fare di meglio.

«Chissà cosa prova una rosa come te a disperdere nell'aria il suo profumo, a non darsi a nessuno. Tu sei fiore che per non appassire ha bisogno di un uomo forte, sicuro!».

Frasi da cartolina illustrata, il suo unico straccio di cultura da quando era nato! Tutti così erano i carabineris che mandavano dalle nostre parti, svezzati a storielle dove vincono sempre quelli in divisa, col calendario profumato delle femmine nude nel taschino e quattro frasi imparate nei cessi delle camerate. Raccolsi l'invito e rilanciai.

«Sono qui per questo, signor brigadiè, per offrirle il mio profumo e il resto, in cambio di un passaporto per il viaggio. Voglio portare mio figlio lontano da questa terra, non voglio che diventi un bandito come il padre! Andarmene voglio, signor brigadiè, capito?».

«Basta con questo signore e signore, il signore è

uno solo e sta lassù. Noi siamo qua e vediamo cosa si può fare».

Sorseggiavo adagio il piacere cremoso e ubriacante del momento che stava per arrivare, quando sarei diventata giudice e spettatore. Di mio sentivo solo la testa, il corpo era come se l'avessi prestato provvisoriamente a un'altra. Dopo quella che voleva essere una battuta, lui abbozzò un altro sorriso che gli venne male. Le sue labbra si stiriolarono per un attimo, come se avesse sentito alle sue spalle la presenza della moglie e di Micheddu che si beffavano di lui. Si ritrasse di colpo impaurito dal lugubre ululato dei cani che si rincorrevano per strada. Centini aveva gli occhi affilati di chi riesce a fare del male al prossimo senza provare rimorso. Ma la morte la temeva come tutti coloro che la intuiscono come un'insonnia eterna, una non pace, il prurito di chi non ha mani per grattarsi nella tomba. Nella sua crudeltà era lucido come uno specchio. Il lavoro di formicolio nella braghetta stava per esplodergli dentro le pupille infiammate dalla fretta di avermi. Si capiva che stava pensando a dove buttarmi distesa senza scompigliare l'ordine di quegli arredi sistemati con la cura di una perpetua.

«Ma proprio tutto tutto mi daresti?».

«Ehià brigadiè, e con piacere! Oltre al bisogno, mi ha portata qui la voglia di passare una notte con lei. Cosa mi crede, fatta di stracci? L'amore con Micheddu era sempre alla curre curre, senza tempo per il godimento. Di maschio ho bisogno, brigadiè!».

Ci scambiammo un'occhiata d'intesa per confermare, senza aggiungere parole, che il lettone del salotto sarebbe andato bene.

«Allora, brigadiè, facciamo?».

Era alluppato come un caprone, ma prima di rispondere ci pensò un poco su.

«Dico che questa lunga notte che ci aspetta va festeggiata!».

E dal mobiletto in noce intarsiato tolse una bottiglia scura e riempì due bicchieri con un liquore all'amaretto, molto alcolico.

«Beviamoci sopra, Mintò, per digerire il passato e dimenticarlo!».

Levammo in alto le braccia facendo un cenno di brindisi, vetro contro vetro.

«Prosit! A questa e alle altre che verranno!» disse.

«Solo questa, brigadiè, solo questa. Non esageri! Meglio una e buona, di quelle da ricordare».

Scolò il liquore e rise gorgheggiando a raganella.

«Non si sa mai! Ma di questo ne parleremo dopo».

Pensando con l'altra me stessa all'ultimo brindisi, quello della carne contro il ferro che s'incontrano per la prima e ultima volta, riuscii a sfiorargli il basso ventre. Era gonfio da scoppiare ma si tratteneva, come fanno i rospi prima di schizzare il loro latte urticante.

«Aspetta, aspetta, che tempo ne abbiamo! Mettiamo le cose in chiaro: io mi interesserò per farti avere il passaporto in fretta, ma lo avrai solo a fine mese. Sempre che te lo sappia guadagnare con quello che sarai capace di dare stanotte a un uomo che ha la moglie lontana».

Per una puttana mi aveva preso! Mi desiderava e indietreggiava d'istinto, come se avesse paura di non reggersi in piedi, paura che al momento giusto, invece di accendersi, la candela si potesse spegnere come un cannolo di ghiaccio tra le gambe. Dandogli la schiena andai a sedermi sul bordo del letto. Allungai le dita sotto le ginocchia e sollevai la fardetta fino all'inguine. Rimasi così a gambe aperte, mostrando il contrasto tra il biancore delle mutande e il nero dei ciuffi che spuntavano fuori. Non ci vide più. Con gli occhi che gli lacrimavano dalla voglia si avvicinò alle mie labbra a braghetta aperta. Mi mise le mani dietro al collo e, tirandomi per i capelli, iniziò a spingere e a balbettare.

«Tu tu sei ma-matta! Matta da legare! L'avessi sa-saputo prima che eri così, a Mi-micheddu...».

A un tratto però lo tirò via.

«Ma vuoi farmi morire prima del tempo? Piano, cazzo! Piano, che non ho più vent'anni! Vuoi che me ne vada invece di venire?».

Brancicò con le mani calde fino ai gancetti e sbottonò il reggipetto. I seni erano liberi, me li sentivo pesanti come bisacce piene di sabbia. Lui ne tirò uno fuori dalla blusa e si attaccò al capezzolo come un bambino appena nato.

«Madre del cielo, quante volte ho sognato questo momento? Ma sta succedendo veramente? Dammi uno schiaffo e grida forte che è vero, che mi sto fottendo la donna di Calavriche, il balente di Taculè».

Respirava pesante, e col trasto vagabondava tra le cosce in cerca di entrare.

«Le mutande!» gli dissi. «Me le tolga lei!».

«Togli tutto, Mintò, tutto!».

«Solo le mutande, brigadiè, che tutta nuda ho vergogna!».

«Ma lo sai che ti ho messo gli occhi addosso appena sono arrivato in questo maledetto posto? Quando ti ho vista seduta sopra quel muretto, mi sono detto: meglio un'ora con quella che un giorno col duce!».

Era sempre più eccitato e quasi mi strappava i capelli.

«Fai finta che sono Micheddu, brutta troia! Fai finta che sono Micheddu che si è fatto un viaggio dall'aldilà per fotterti di nuovo. Mettilo e chiamami Micheddu, altrimenti il passaporto te lo dimentichi! In sardo mi devi parlare mentre fai, ricordalo!».

Partì uno schiaffo che m'intontì. A quel punto mancò la volontà e mi aiutò lo strutto. Centini mi entrò dentro come un rampone temperato e le mie reni iniziarono a muoversi meccanicamente, vinte da una calma che rendeva tutto lucido, sopportabile.

«Benetorrau, Micheddu, bentornato, amore mio! Fai, Michè! Fammi ammacchiare come la prima volta di fronte al mare!».

Centini mi faceva ballare sul materasso di lana che si beveva il mio sudore e la mia disperazione.

«Ache galu, Michè! Ache, ache! Tzacca piusu, vae vinzas a fundu! Gasi, Michè, gasi! Veni! Vieni, Michè, che ti tagli formaggio del mio ventre! Ajò, ajò, chi venimus paris!».

Centini ficcò la testa bagnata nel cuscino per riprendere fiato.

«Dài, Michè, non ti fermare proprio adesso! Non t'arrimes! Forza, che il meglio deve ancora arrivare! Achemi gudire galu, coro meu adorau!».

Allora sollevai i piedi e glieli incrociai al fondoschiena facendo pressione.

«Io non ti lascerò andare da nessuna parte, bagassona, voglio averti sempre qui!».

«Ha ragione, brigadiè, perché cercare il paradiso altrove? Sempre con lei rimarrò, sempre! Giuro che le farò assaggiare tutto quello che con signora Ruffina non ha gustato mai!».

Lui prese a stantuffare più in fretta finché non scavallò di fianco ragliando di piacere. Si buttò a pancia in giù. Le anelle della sua spina dorsale sussultavano a brividi intermittenti come un'anguilla appena sconcata. Sfilai il coltello dalla manica della blusa e lo disserrai. Oltre il lucore della lama vidi Micheddu, il suo primo bacio, il mare, la sua testa aperta in due come un'anguria, mosche e pietre al posto dei semi. Il liquido spinoso che Centini aveva versato friggeva dentro, me lo sentivo tra le viscere come il veleno di un'argia. Centini mugugnava e dava di natiche sul materasso, come a voler prolungare all'infinito quell'istante. Con la mano sinistra lo afferrai per i capelli e tirai la testa verso di me; con la destra vibrai la prima stoccata di piatto, sotto il mento. Tzùn! Uscì una spruzzata di sangue che andò a finire sopra lo specchio dell'armuà. Si rovesciò di lungo in fondo al letto e sparrancò di sorpresa gli occhi nero pece. Tremava come un epilettico, si sforzava di parlare. Con un sibilo violento sparrancò le mandibole e sfiatò dalla gola un rumore che sembrava il lamento di un verre appena castrato. Continuai a colpirlo alla macconazza dappertutto. Tzùn, tzùn, tzùn. Due, tre, quattro, cinque, sei... Tante volte affondai la lama, una per ogni anno tolto a Micheddu. Alla fine aggiunsi l'ultima abbuddata all'inguine, di punta, fino al manico.

«Questa è la staffa!» gli dissi mentre continuava a scolare sangue sopra un tappeto a pupujones.

Scesi dal letto e sentii il fresco del pavimento salire dalla pianta dei piedi alle tempie: ricordai la rugiada di Chirilai e la voce dei morti. In quel momento Centini riaprì gli occhi, puntò le mani sul materasso e si alzò. Io mi accostai allo spigolo della finestra tenendo il coltello dritto verso di lui.

«Vieni se ne vuoi ancora, vieni burdo maledetto! Anche se hai sette vite come i gatti, tutte te le toglierò! Sette volte ti ammazzerò, bastardo!».

Lui mi mostrò le palme livide delle mani, come se cercasse di farmi capire qualcosa.

«Prù, prù, prù...».

La sua maschera di moribondo si pinturinò di lacrime grosse come chicchi di melagranata. Prese a girare per la stanza buttando per aria tutto quello che trovava, come a violare l'ordine che Ruffina gli aveva sempre imposto. Fracassò vetri e soprammobili. Volarono piatti e bicchieri. Sollevò in alto il Gesù Bambino in ceramica che stava sopra la madia poi lo lasciò andare dentro un braciere di bronzo. Il piccolo busto di marmo del duce, regalo di nozze del suocero, parabolò un lampadario a stella e si frantumò all'imbocco del camino. Nello stesso istante

Centini cadde a muso in terra, vicino al mobiletto dove la moglie aveva sistemato in fila, sopra un centrino ricamato, una dozzina di bambole.

«Adesso non salterai più! Como no aches pius male a nisciunu, izzu 'e bagassa vezza! Pthù!».

Serrai il coltello, raccolsi lo scialle e le mutande e mi diedi un'aggiustata. Ohi, che mi sembrava di aver fatto un bagno nel sangue! Le pupille ticchettavano senza sosta e le gambe erano tutto un tremula tremula! Via, correre via! Il resto avvenne tutto in modo accelerato, come nel cinema muto. Aprii la finestra e spensi tre volte la luce per segnalare che il lavoro era finito. Arrivarono subito mio suocero e i cognati, che lo ammaniarono per il trasporto. Silenzio di tomba. Si sentivano solo i colpi dell'ascia che appezzava e il fischio dei coltelli affilati che snervavano le giunture. Babbu Grisone gli staccò la testa con un colpo di scure, gli altri lo ridussero in quattro parti. Tràc, tràc! Shsliùm, shsliùm! Nessuno pronunciò parola ma negli occhi di tutti brillava la voglia di ridere e urlare per l'onta lavata, il colpo restituito. Nel retro della casa Istellazzu e Limbone lo avvolsero in un'incerata militare e lo nascosero sul pianale del carro tra le balle del fieno. Così lo portarono nel forno per la calcina di Marragoloi, che era già pronto per essere acceso. Oltre la collina del nuraghe Miajolu, all'inizio della discesa per Su Ciarumannu, una muta di cani randagi si accodò al carro e lo seguì fino al forno. Dopo mi hanno detto che un fumo oleoso e pudescio si sparse fino alla piana di Murtedu, impestando per giorni le piante e rendendo l'aria irrespirabile. I cespugli del mirto si seccarono e le bacche del corbezzolo caddero a terra nere come il carbone.

Io, finito il lavoro, iniziai a correre. Il cuore mi tuppava la gola e un sudore urticante m'inzuppava i vestiti. Scavalcando i muri di pietra degli orti e i cespugli, arrivai alla pinnetta di Sas Tres Lacanas come un'ombra, i piedi tagliati dai sassi appuntiti, le gambe graffiate dai cardi. Ravvivai le braci del fochile con una fascina di stoppie e bruciai i vestiti, il cosse e le mutande. Vampate di caldo che velavano gli occhi, la testa me la sentivo di sughero. Uscii fuori nuda. Respirai profondamente leccandomi le labbra che sapevano di aceto zuccherato. Prima di vestirmi mi lasciai cadere a corpus mortu in una delle piscine del fiume Pulichittu, implorando a mani giunte una purificazione. Mi sembrò di morire quando sentii il liquido spinoso di Centini friggere nel ventre come un fuoco di Sant'Antonio.

La mattina seguente la luce del sole era giuggiolosa e l'aria profumava di sanguinaccio condito con uva passa.

Don Zippula, la faccia scarnita dai malipensieri notturni, gli occhi cerchiati d'inchiostro dalla libidine mai vinta, salì sul pulpito e così aprì la prima messa:

«La mano rasposa della morte si è portata via il brigadiere Centini. Pregate, sorelle, perché il mare di sangue che ha inondato la sua casa si muti in acqua benedetta e porti pace e luce in questo paese».

Le donne, coi loro fagotti di pensieri notturni ancora intatti, guardandosi impaurite si abbandonarono alla preghiera.

«O Dio, la morte è comune eredità di tutti gli uomini...».

Poi arrivò un tuono che fece traballare i santi nelle nicchie e tutte chinarono il capo di fronte alla statua di Cristo Redentore, bisbigliando:

«Perdonu, Deus meus! Perdona oggi e sempre chi disonora il tuo nome!».

Canta, mannai, canta!

> A duru duru a lu cantare
> su modo nostru de nos vendicare
> su modu connotu de sapunare s'offesa
> in punta e lesorgia a manu tesa.
> A duru duru a lu cantare.

175

19
Il tempo ci consuma lentamente
come steariche di chiesa

Il tempo ci consuma lentamente come steariche di chiesa. Di noi rimane solo odore di bruciato e fumo, che si perde nell'aria, dove tutto è silenzio e cecità. Prima che io partissi, a Taculè è morto fulminato dalla cirrosi anche Manuelle Tronu, un amico di Micheddu che ammazzava un uomo per un fiasco di vino e una scatola di trinciato forte. A don Zippula qualcuno lo ha lasciato a muso in terra in sacrestia, con un osso in bocca, le natiche imbrastiate di soda caustica e immaginette profane sui genitali. Niente cambierà mai a Laranei e Taculè. Tutti continueranno a parlare di miseri raccolti, malattie, guerre, disgrazie e magie, in attesa dell'ultimo viaggio che li porterà da nessuna parte, oltre il mistero non raccontabile della morte. Ha fatto bene signora Ruffina, dopo il funerale del marito, a tornarsene per sempre in continente. Lassù una vedova di carabiniere se la passerà meglio della vedova di un bandito. Chissà se la follia del destino ci farà mai incontrare di nuovo. Chissà se lo sguardo dei nostri figli s'incrocerà per caso in qualche fabbrica, nel bar di una stazione ferroviaria o per le strade di una grande città del mondo. Si riconosceranno? Scopriranno mai la verità? Spero di no! Queste ultime righe le sto scrivendo dal ponte della *Estrella*, la nave che mi porterà lontano, oltre l'oceano. Del brigadiere Anselmo Centini la gente non saprà mai come e perché è stato ucciso. Se un giorno qualcuno leggerà questa storia di sicuro si terrà la bocca cucita a spago con la lesina, non andrà a denunciarmi in caserma, a testimoniare in qualche tribunale, ma saprà che Mintonia Savuccu ha sacrificato la sua vita per difendere l'onore dei Lisodda-Savuccu, l'amore per Micheddu il Calavriche, le sue illusioni.

Il foglio per l'espatrio e il biglietto me li ha procurati Zosimminu, l'autista del postale.

«Vai dai miei parenti in Argentina che ti accoglieranno come una regina! Fermati un mesetto a Genova, in continente. Cerca la casa d'accoglienza delle suore vincenziane, che sono già parlate. E poi, via, lontano da qui. La medicina migliore per cancellare il passato è la lontananza dal presente».

Zosimminu è di cuore buono e sentimenti semplici, un filosofo ambulante che per capire il mondo non ha avuto bisogno di libri. Avrei lasciato volentieri un pezzo di terra anche a lui, ma non ne ha voluto sentire. A Itriedda invece ho intestato una parte dei miei beni, per fare un'opera di carità e garantirle il futuro che mio fratello Pascale non le ha saputo dare. Spero che il suo sia meno amaro del mio. Per me ho tenuto il tanto di campare qualche annetto. Quando avrò partorito e l'altro figlio sarà un po' cresciuto mi metterò a lavorare, dove sia e come sia poco importa, che non sono nata mani muzza. Nella mia vita, l'unico che mi ha veramente aiutato e amato in silenzio senza chiedermi niente in cambio è stato Zosimminu. Quando, al momento della partenza, gli ho domandato: «Cant'este, Zosimmì?

Cosa ti devo dare per quello che hai fatto per me?»,
mi ha risposto con un sorriso triste e poche parole:
«Nudda, Mintò, niente mi devi! Spero solo che
questo serva a regalarti serenità e voglia di vivere,
che ne hai bisogno! Che Dio ti guardi durante il viaggio e anche dopo!».
Alcune lacrime grumose gli sono scolate sulle labbra. Le ha inghiottite in fretta con la lingua e ha finito le ultime parole balbettando. L'ho abbracciato
a lungo e salutato con un bacio in punta di mano.
Che Dio lo ascolti davvero a Zosimminu, il mio angelo con gli occhi verde lattuga e la fronte sempre
tirata in un batter d'ali rugose. Chissà se il destino
ha messo in conto nel mio domani un po' di felicità
per me e queste creature. La nostra vita, per ora, si
può solo continuare a scrivere con tristura e non si
lascia raccontare in altro modo. Ohi, come sono
stanca! Mi sento la testa di piombo e i piedi di panna. Vorrei avere mannai Gantina accanto a me per
cantarmi una delle sue filastrocche e addormentarmi. Quando sono andata a salutarla è rimasta in silenzio e mi ha cantato con gli occhi l'ultima filastrocca. Chiudo le palpebre e la chiamo: vieni, mannai, vieni! Eccola, la vedo che spunta dal buio del
mare e sale una scala di prata e fiori.

> Tonia, Tonia
> ciocula bodi
> ciocula ciena
> in s'abbasantera
> orgiu e avena.

Mannai crede nella rinascita dopo il peccato. Per
salvare il terzo figlio dalla vendetta dei Lapiolu aveva chiamato in casa parenti e nemici e si era sdraiata a gambe divaricate su una stuoia di giunchi, coperta con la burra di lana. A Martine se lo nascose
tra le gambe e fece finta di avere le doglie, come se
dovesse partorirlo un'altra volta.

«Ohi, ohi, ohi! Izzu meu, torra a naschire biancu che lizzu!».

Martine pianse come un appena nato e tutti lo accolsero con gioia, per evitare nuove faide, sangue, morti.

Stasera torno alla mia branda con la speranza che la schiuma del mare e l'abisso della notte inghiottano per sempre il mio passato. Se è vero che togli per dare, Deus meus, ammèntati che omnia munda mundis e, in punto di morte, perdonami.

Canta, mannai, canta a boche sola per me!

Mintonia, Mintonia
ciocula bodia, ciocula ciena
in s'abbasantera tridicu e avena
in sos occios tuos tristura e pena.

20
Itriedda si svegliò che era già buio

Itriedda si svegliò che era già buio. La luna sorrideva oltre i vetri semichiusi del lucernario spalmando sui tetti una glassa densa e fosforescente. Un vento che sapeva di fiori di cisto ubriacava le cose. Itriedda aveva la testa pesante e i piedi freddi, le sembrava di aver bevuto più del solito bicchiere di nepente. L'alito cattivo era quello che le lasciava l'aglio masticato crudo per ammazzare i vermi intestinali. Si accarezzò la pancia roteando il palmo della mano e sentì dentro un vuoto doloroso, come se qualcuno le avesse strappato la coratella di nascosto. La penombra che riempiva la soffitta era ancora popolata dalle sagome ciondolanti di Micheddu, Mintonia, Gantina, Centini, Ruffina, Zosimminu, tziu Imbece, mastru Ramiro, Predu, Costanzu, Narredda, Grisone. Sul tavolato la copertina del quaderno luccicava come il mantello di uno scarabeo. I fogli palpitavano ogni tanto raccogliendo il soffio degli spifferi. Aveva letto o sognato? Raccolse il quaderno e lo scartafogliò in fretta. Di nuovo sentì quel senso di soffocamento e si avvicinò alla finestra per respirare la notte. Con un guizzo ferino scavalcò la soglia di trachite, fece alcuni passi sopra le tegole e andò a sedersi a cavallo del cordulo che correva lungo il tetto della casa di S'Atturradore Mannu. Da lassù avrebbe potuto sbirroncare le stelle, allungare le braccia e accarezzare la luna. Avrebbe potuto volare come un merlo di monte oltre la punta di Carchinazzos e arrivare al cielo. Il campanile della chiesa majore toccò le otto. Itriedda si tolse le scarpe e si alzò in piedi tenendosi in equilibrio come una colomba. A Taculè si celebrava la festa di Santa Caterina. Le strade, a quell'ora, erano tagliate in due dal bagliore dei lampioni che ballavano appesi ai fili come bocce di sole. In lontananza urla di ragazzi che giocavano alla morra, bambini impauriti che volavano su una vecchia giostra, rombare di motori che fracassavano le pietre dei muri lasciando sull'asfalto odore di benzina.

«A Taculè e Laranei tutto cambia e tutto rimane uguale» pensò Itriedda Murisca. «Come in un teatro all'aperto dove le maschere scolpite nel perastro mandorlino si prestano per i battesimi e si restituiscono solo dopo i funerali».

In mezzo secolo non era cambiato niente. Le femmine continuavano a sgranare il rosario e pregare. I loro volti sembravano bozzoli di farfalle smerigliate dal male di vivere. A piedi nudi Itriedda camminò fino al limite del tetto e guardò verso il basso. I cavalli bardati tornavano nelle stalle. Gli uomini in costume, disposti in riga, pisciavano per scommessa oltre il muraglione della chiesa.

«Chie pisciata pius innedda moriti apustis ma pacata a bivere!».

Era giorno di festa e tutti dovevano sentirsi vivi, anche i morti. L'anima di tzia Mintonia era tornata alla sua terra come un arcobaleno dopo un temporale estivo. Itriedda sentì strisciare qualcosa tra le tegole ed ebbe paura. Le prese un molina molina e fu costretta a camminare come un gatto per tornare all'isostre. Da una finestra aperta la madre di Angiolina Turmentu la paralitica intonava una vecchia canzone:

«Vola, colomba bianca vola, diglielo tu, che tornerò. Dille, che non sarà più sola...».

A lei, che aveva perso il marito e l'unico figlio maschio nella faida contro i Mascanari, Itriedda passò il quaderno di Mintonia Savuccu. Il vestito della prima comunione lo seppellì tra un tasso e un mirto, in onore di santa Caterina.

«Vola, colomba bianca vola...».

Forse, in quel momento, tzia Mintonia volava già oltre le nuvole insieme a Micheddu e pensava:

«Che bello essere diventati uccelli e saper volare!».

FINITO DI STAMPARE NEL SETTEMBRE 2006 IN AZZATE
DAL CONSORZIO ARTIGIANO «L.V.G.»

Printed in Italy

FABULA